U0120310

青山荡漾

夏小暖 著

湖南文艺出版社

目录

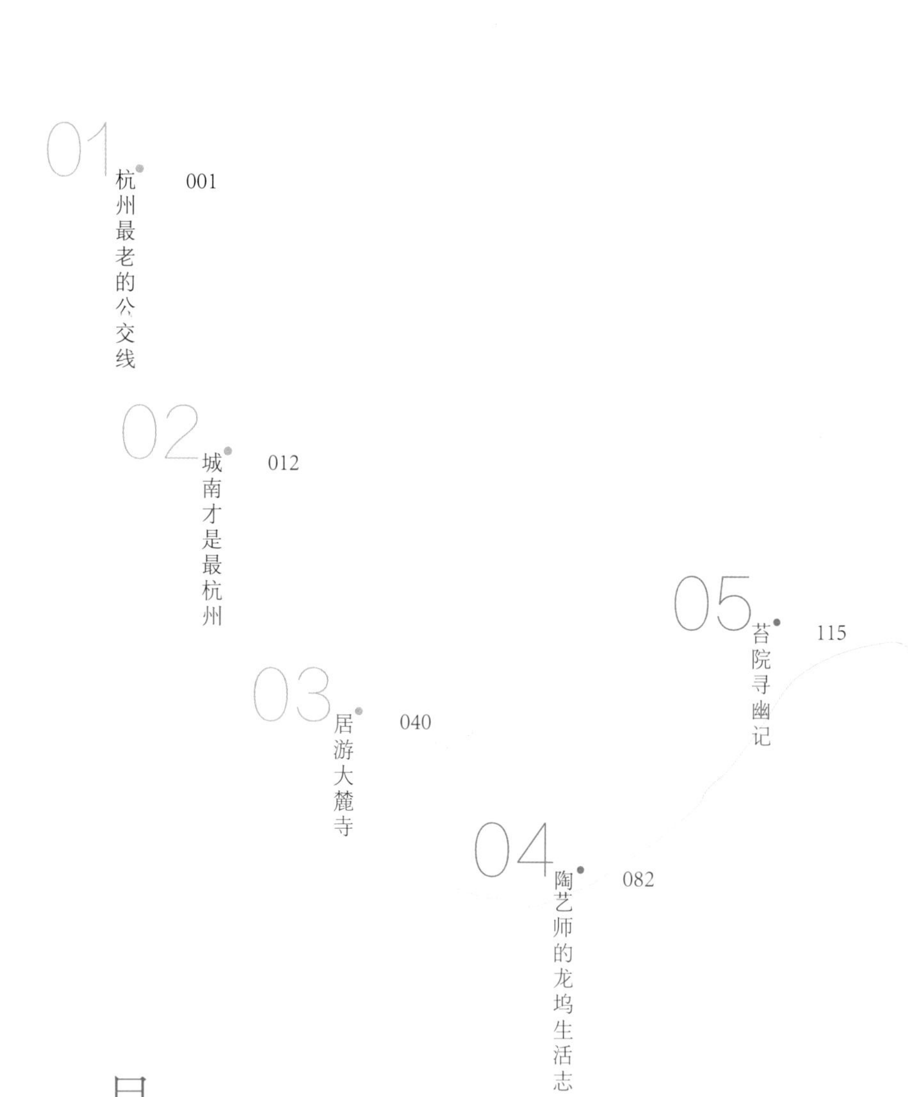

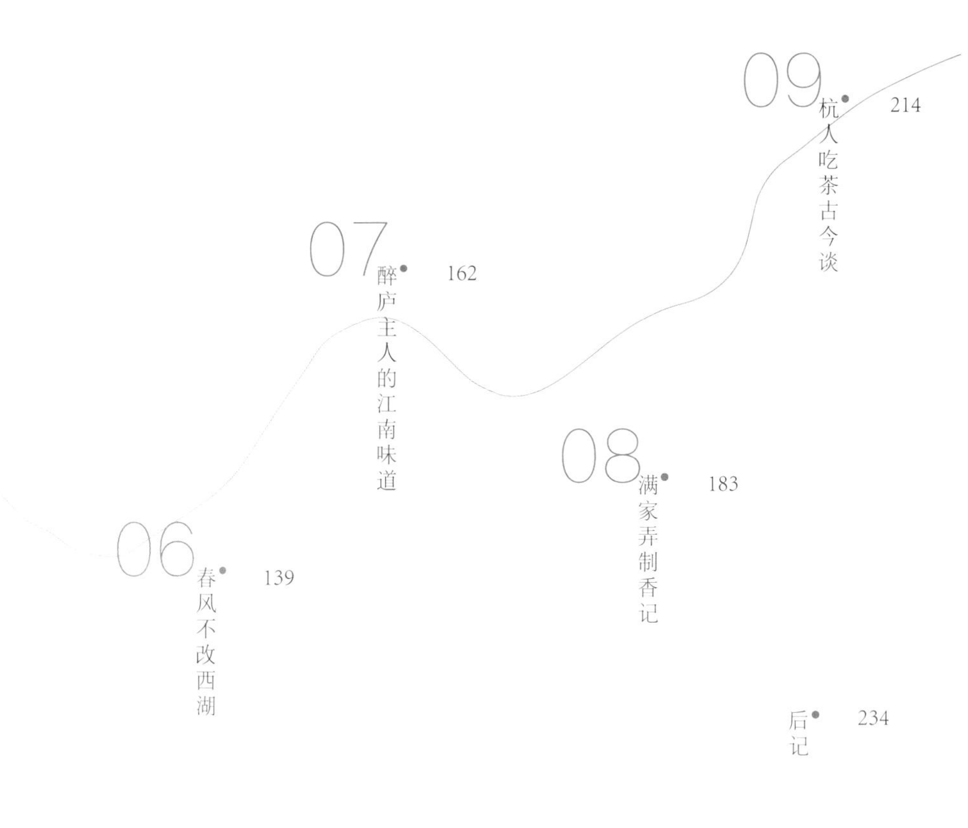

杭州最老的公交线

杭州7路公交车，是杭州第一条公交线，从20世纪20年代开通至今已经奔波了101个年头。这趟往返于灵隐至城站火车站之间的公交线路，沿途有我的整个童年，中途很长一段都经过景区，也就是寺庙、公园、西湖和百货商店，它大致涵盖了老杭州城最重要的一段路线。出生、长大、求学，从幼儿园到念初一，我的生活轨迹一直都在这条线附近。

我出生的地方离灵隐寺不远，是灵隐的后门一个叫白乐桥的村落，20世纪50年代建，背靠北高峰，翻过一座山就是西溪湿地。白乐桥原名万佛桥，相传为唐代白居易始建，白居易字乐天，因此又名白乐桥，清光绪三十年（1904）重建，为单孔石拱桥，造型优美。桥下汇有南北两涧，一名后涧，一名碧溪，溪水东经雷院，出唐家桥东南，趋行春桥入西湖。住在周围的人家都以此桥为门牌名，一户户挨着排列过去。白乐桥1号是一座极具江南古典民居特色的两层小楼，白墙黛瓦，独自伫立于北高峰之下的一片茶田之中。据说，这座农家小院式的建筑原是一位商人的旧庄园，后被中国作家协会买下改建成现存的样子，成了“中国作协杭州创作之家”。我童年的老家就在白乐桥12号，北高峰索道站出口走几百米，门前一条碧溪延山而下，终日溪水淙淙潺流，自由奔泻。整个村子依山而建，房屋错落繁复，没有高楼建筑，全是低矮的独门独户，有的两户人家之间可能就隔了一道窄弄。左邻右里也都特别熟络，不像现在住同一个小区、同一栋楼、同一单元的人们之间竟然都互不相识。村外四周是大片茶园，当年的白乐桥共同生活着本地居民，你来我往，友好共处。桥头竖着一块“白乐人家”的石碑，翻过这座桥，就到了山谷间构筑的一方宁静、温馨的小天地，与灵隐寺的香客云集、人声鼎沸大相径庭。当地人的生活基本靠山吃山、自给自足，一条路上就囊括了杂货铺、餐馆、理发店、旅馆等所有的日常必需，人们的活动范围很小。到了20世纪90年代，白乐桥响应政府对景区内农居点的统一规划开发，不得不面临巨大的变迁，居民拆迁，农房改建，由此也结束了几代人在这里的栖居生活。整治改造后的白乐桥成了精品民宿和客栈的聚集地，仅剩的几十户农居房也都不再自住了，不是高价出租就是顺势做起了游客的生意。许多年后我陪远道而来的朋友再去时，小桥流水人家更显简洁素雅，但那份烟火气早已不再，没有了当地居民的地方就没有了魂，如今想来甚是可惜。

从起点站灵隐上车，沿着沥青路经石莲亭、九里松一路下行，儿时觉得这条路好大好宽敞，待如今再回去总觉得不解，路怎么变得这般狭小了？也不知是自己长大了，还是见多了城里的康庄大道。九里松附近的一一七医院就是我母亲临盆生我的医院，因离家最近。据母亲回忆，生我那日恰是立秋后一天，午后突然肚子阵痛了起来，父亲从隔壁家借了一辆三轮车就载着母亲和肚子里的我往医院赶。后来每每经过九里松，我的眼前似乎总能浮现父亲满头大汗踩着三轮车的画面。一一七医院还连着军区大院，当年好多随军家属都住在里头，早晨上学的时刻车站里等着好多背着书包的学生，只记得每到这一站原本还宽敞的公交车一窝蜂地被塞满了。过了龙井路的三岔口，掠过洪春桥就是植物园。读小学那会儿我每天都会在这站下车，然后沿着曙光路方向步行大约五分钟，西湖小学就到了。这一带几乎没什么变化，人行道前日复一日准时出现的依旧是翘首等待着孩子们放学的家长。

西湖小学前的十字路口是灵隐路与北山街的分界，另一侧与杨公堤、曙光路交会，由东正式进入西湖景区。北山街在西湖的北岸，北山的脚下，是一条环绕西湖的游览路线。北山自古就已矗立在这里，南宋时虽有了“北山街”的称呼，却未见真正的路，直到 7 路公交车开通那一年北山街才正式建成，从那时起，一些名人、商贾开始沿湖筑室而居。从岳王庙一路向东行进，经过武松墓、钱塘苏小小之墓、新新饭店、葛岭，沿着西湖蜿蜒向着断桥而去。北山路仅短短三公里路，却是我心目中杭州最美的一段路：一面是山，一面是湖，路两旁栽种着的都是树龄几十年的法国大梧桐，每到深秋，暖阳之下的梧桐

一面是山，一面是湖，路两旁栽种着的都是树龄几十年的法国大梧桐，
每到深秋，暖阳之下的梧桐树叶一片金黄与湖面的残荷交相辉映，
凡是坐车经过这段路的乘客，无不探头去看窗外的美景。

树叶一片金黄与湖面的残荷交相辉映，凡是坐车经过这段路的乘客，无不探头去看窗外的美景。在葛岭站下车，首先映入眼帘的便是不远处的断桥。断桥位于白堤东段与宝石山麓接壤处，为“西湖十景·断桥残雪”所在地。可它并非一座“断了的桥”，始建年代和桥名以及“断”的来历均不详，据说最早见于唐朝诗人张祜《题杭州孤山寺》诗“断桥荒藓涩，空院落花深”一句。在杭州人的记忆里，断桥从来就是观赏西湖风景的人群最集中的地方，“湖边多少游湖者，半在断桥烟雨间”，当你伫立桥堍，阴晴霾雪的山色湖光都能一览无余。不过，如今断桥早已不再是当地人的，而是彻底贡献给了外来的游客们，只有每年除夕前后一两天，断桥恐怕才算是暂时还给了当地人。

我小时候最爱去的地方叫“少年宫”，在经过断桥后的钱塘门外。长大之后才知晓，西湖边的少年宫竟是历史上与净慈寺齐名的昭庆寺，其中的“友谊厅”还是原昭庆寺大雄宝殿的遗址。据我的奶奶回忆，那个时代，杭州寺庙的出家人都是从这个昭庆寺完成修行再分配到各个庙里的，相当于现在的浙江大学。儿时对于少年宫的执念源于那是一个寓教于乐的地方，周末大人们带着孩子来少年宫有两个原因：一是陪小朋友来上培训班，这里汇集了音乐、美术、舞蹈、书画等一系列课外兴趣辅导班；另一个原因则是少年宫还设有一系列的大型游乐设施，诸如碰碰车、小火车、空中自行车、旋转飞船之类，有点儿像现在的儿童乐园或大型游乐场。70 后、80 后那代人童年能玩的东西甚少，“去少年宫”成了对孩子们的褒奖。少年宫广场更是当时杭州的重要地标之一，每周一早晨在这里会举行庄严的升国旗仪式；春暖花开、天气晴好的日子里，满广场都是家长带着孩子们放风筝。不过广场虽然宽敞空旷，但四周树木偏多，故只适合小孩们放飞，且风筝不得放得太高。话虽如此，但当你经过少年宫广场时却总能远远就瞥见缠绕了各式各样好看风筝的树，像是从枝丫上长出来似的。

你或许无法想象，当年乘着7路车去解放路逛一趟百货商店被唤作“去城里荡马路”。在中国，几乎每座城市都有一条路名叫“解放路”，杭州的解放路是为纪念1949年5月3日杭州解放，由中正街改名而来，7路会从延安路停靠胜利剧院，然后拐到解放路。20世纪70—80年代，解放路是杭州最繁华的一条商业街，规模较大的商店和市民文化娱乐场所都集中在这条路沿线，如解放路百货商店、新华书店、太平洋电影院、奎元馆、天工艺苑等。特别是延安路和解放路交叉口的解放路百货商店，曾是杭州最早建立的国有企业，老底子过年买新衣服新鞋、置办年货必定都是去这里的。现在想来，这些百年老店的高光时刻早已过去，可留在老杭州心里的生活印记却历久弥新。一条公交线路往往汇集了许多城市回忆，一站一站形成层叠的记忆套盒。

售票员是城市公交营运的历史见证者，人工报站，手工售票，一路上叫叫嚷嚷。我母亲说，“售票员”曾是我儿时的职业梦想，我会去沿路的车站捡车票，一张张收集起来夹在硬面笔记簿里……不得不提的还有当年的公交月票，分为普通月票和学生期票等形式，学生票票面还会贴上使用人的相片，可以说仪式感满满。20 世纪 90 年代起，杭州的公交车逐渐转为电子报站，再后来开始实行无人售票，至此，售票员这个职业消失在历史舞台……这些细节似乎仍在眼前，却又已然成为城市的“历史”。人们怎能料到二十年后，杭州有了全国第一条刷手机坐公交的线路，而如今，移动支付对这座城市来说早已习以为常。

打从十五岁那年搬家之后，我几乎再没完整地坐过 7 路公交线了。由本地人的生活轨迹蜕变成游客景点线之后的 7 路公交车，虽少了些许质朴，但杭州的湖光山色和繁华市井却吸引着愈来愈多的旅人们纷至沓来。当我长大后有能力出门旅行时，每到一座陌生的城市，我也总会去坐当地的公交车，随意选一站下车，漫无目的地走走看看，仿佛就窥到了当地人的某一小段人生似的。记得我的奶奶过世时，灵车沿着 7 路公交线从灵隐至湖滨段的线路开了一趟，父亲说，这是老人家一辈子到过的所有地方了，都是她最熟悉亦是最舍不得的一切，最后再带她走一遍，就像回顾她的一生。那一刻我才意识到，对我来说，一条公交线只是我的童年，而对奶奶来说，却是她的整个人生。

青山荡漾

桂花一开，就人生何处不相逢了。

城南才是最杭州

立夏过后，和妍仔约了去她的咖啡铺子尝新豆子。自从两年前她和丈夫 Oliver 一起把店开到了大井巷，这里就成了我在杭州城南的新据点。玫瑰朗姆苏打是独属于大井巷出品的春夏特调，也是这两年每到入夏时节我去店里的必点。一款以朗姆酒桶发酵的咖啡豆制成的冷泡咖啡，搭配自制的玫瑰酱，用苏打机打泡之后倒入适量冰块，再摆上新鲜的玫瑰花干，浓郁的酒香平衡了甜味和苦味，无酒精却酒香四溢，口感更像是一杯现制的精酿啤酒，沁人心脾。虽说在国内的精品咖啡圈和调酒圈里，咖啡与酒精的搭配并不算稀奇，但根据咖啡的风味加入酒的元素，从而增加口感的趣味性，引发了我浓厚的兴趣。更令人心生欢喜的是，妍仔还会根据时令研发推出符合当季的限定特调，譬如在秋天点到一杯桂花梅酒埃塞，搭配杭城的桂花香一同饮用，妙不可言。

和妍仔的初次会面还要回溯到在凤凰山脚路的老店。说起凤凰山，杭州人总会想起流传在民间的“金龙玉凤”的神话故事：王母娘娘偷走明珠，金龙玉凤夺回后，落入凡间化作西湖。

它们舍不得离开这颗明珠，就变成了凤凰山和玉龙山一守护着西湖。不过，凤凰山还因这座山的特殊地形而得名，山的两侧像极了凤凰的两翼，它的右翼连着西子湖，左翼掠过钱塘江滨，宛如一只展翅欲飞的凤凰。凤凰山东麓有一条沿山小路，俗名凤凰山脚，建国后拓宽通车，才定名为凤凰山脚路。即便到现在，这条路依旧是成片低矮的老房子，虽然路面已翻修一新，但也算得上是杭州较为破败的城区。老人们拉一张藤椅坐在路边，头顶的电线杆上晒着花花绿绿的衣裳，路两旁的小吃店、小卖部卫生状况看起来也不容乐观。“但我偏偏对这样的市井烟火气很留恋，”妍仔直言，“最初看上这里，就觉得做一家背靠凤凰山的小店，可以跟老底子的杭州更贴近。”

2015 年秋天，妍仔和丈夫 Oliver 租下了凤凰山脚路 7 号一栋三层的房子，在家乡杭州成立了一个生活品牌 Random。“Random 源于我们的一个小店梦，想拥有一家小小的店铺来实践对生活的憧憬，阳光洒下，有咖啡的香气、可口的食物……”妍仔坐在吧台前，一个单眼皮、戴着眼镜、外表朴实、内里却汩汩冒着热情的女孩，滔滔不绝地跟我描绘着她的开店梦。那是我第一次去她的店里，当时凤凰山脚路正响应 G20 杭州峰会[1]的整改要求，大力进行道路整修，我跟着导航稀里糊涂绕了好久才找到，心想：“这店开得也太隐蔽了吧，怎么引客做

1　G20 峰会：二十国集团领导人峰会。是一个国际经济合作论坛。2016 年 9 月 4 日至 5 日，二十国集团领导人第十一次峰会在中国杭州召开。

生意啊？”整个店有三层：一楼做咖啡和甜点；二楼是敞开式的集合店，展出和售卖全球各地的器物作品；三楼为工作室，定期举办小型活动。“我想做一家安静的小店，Random 就是随时、随性，有很多的惊喜。”在香港求学工作了七年，毅然决定回到家乡杭州，当时的妍仔铆足了一股理想主义的劲儿，Random 像是她天马行空发挥无限想象力的实验室。

“要不要试试我的‘童年回忆’系列？”

“哦？这是什么？”一脸狐疑的我显然还摸不着头脑。

“是店里最新的甜点系列啦，里面的食材可都是我们小时候爱吃的！”妍仔说，“比如白芝士雪山的创意就来自于我童年的记忆里，每天上学前妈妈总会塞到我手里的那一颗白煮蛋。”

“所以，这是鸡蛋？”我指着面前盘子里一颗乳白色的圆形固状物问道。

“其实是芝士球里裹上百香果冻，酸酸甜甜的，建议搭配香脆的椰丝饼一起吃哦！”她露出一种揭晓谜底似的神秘微笑。

我果断用叉子将芝士球戳开，球体中间的嫩黄色百香果冻如同流心蛋里的蛋黄缓慢流出。赶紧咬上一口，软糯的口感让人欲罢不能，且是奶香与椰香的双重滋味。

考虑到很多客人来店里总会纠结该点什么，妍仔设计了“随机卡片”这种奇妙的交互点餐方式。两个月一换的“快闪”菜单，用小卡片来对应单品，内容包括咖啡、甜点和沙拉，客人可随机抽取，抽到什么吃什么，解救了大家的选择困难症，当然最期待的是惊喜卡——当场享受半价折扣，更有机会参加新品的试吃活动！

酒香不怕巷子深，慕名而来的客人日渐增多，员工也越招越多，但妍仔似乎并没有很开心："有人在网上评论说，店里只有八张桌子，一看就不太想做生意的样子……"

"对绝大多数店家来说，翻桌率才是最重要的吧。"我直言不讳。

"可是一家小店就该有理想的载客量啊，不然客人会抱怨上餐时间久，或者那些想点的单品却总是售罄。"这就是理想和现实的差别。

因为有了先例，随后的三四年凤凰山脚路又陆续开出了好多依山而建的小店，摇身一变，这条在先前几乎被本地人遗忘的路已然成为文艺青年们热衷造访的新地标。可就在我以为他们把一个地方带火后会大干一场的时候，妍仔却在同属城南的另一处物色了新的地盘，并且急流勇退，决定关掉凤凰山脚路的店。

独立小店本就该有各自的性格，当然，这必定是伴随着店主自身的成长和选择而发展起来的。

2019年，Ceremorning[1] 在大井巷开业了，只有老客们才晓得这就是凤凰山脚路的那家 Random 开的新店。如果你来到大井巷，一定会被店门外的木质门帘所吸引，软薄的门帘如同风吹过泛起的涟漪，恍惚间让人以为自己身处日本京都。门帘最早源于日本的暖帘，当你轻轻掀开它就进入了店主的世界。妍仔解释说，虽然没有做具象的动作但那是一个有仪式感的东西，所以将其设计到了门头的元素里。“老底子的杭州街区其实和北京的胡同、上海的巷弄，包括京都的街道都有些相似，而这一次选址大井巷也正是想依托于这样的历史文化和本地生活化街区。刚来的时候，对面住着的可都是在这里生活了几十年的老居民。”妍仔如获至宝的样子。杭州的城市化建设使得新旧割裂得很厉害，大井巷的老建筑重构能否开启时空更迭中新旧并存的城市美学，是带给新一代小店店主的挑战也是机遇。

Ceremorning 是一家不定期营业的奇怪的店。别家店都是定期店休，它却是不定期营业，因此很难用传统咖啡馆的模式来定义它。用妍仔的话来说：“这是一家包含了咖啡豆铺子、器物专门店和社区美术馆三块功能为一体的新型咖啡馆。”

过去四年，妍仔坦言自己绕了挺多弯路，当然那些弯路现在回看也都是必然的尝试。“记得在香港念大学时，学校周围就有一些还不错的咖啡馆，最早被吸引并不是咖啡本身，而是

1 Ceremorning：Random 旗下的精品咖啡品牌，Cere=Ceremony（开幕），Morning＝早晨，两个词的异化组合，是店主对新一天初始的美好祈愿，充满新生与活力。

空间很舒服，很有设计感，跟自己的日常生活联结紧密，会经常约同学在咖啡馆做作业、看书。那时候的感觉和现在杭州的咖啡馆很像，更生活化，而不是只为去打个卡、拍个照。后来在旅行中会特别逛逛当地的小馆子，关注主理人呈现的状态、空间的状态，除了咖啡还会留意比如艺术作品或贩卖的周边产品，慢慢对这件事产生了兴趣。”妍仔回忆起开店梦的源起，那些年少时曾经在心中埋下的种子。

“当时没想过要留在香港吗？”我追问，那几年国人对于出国和移民的热情水涨船高，大家都争相往外跑，“如果留在香港的话会有更多机会去国外吧，你怎么就回来了呢？”

“杭州人恋家吧。”妍仔有点害羞，旋即又说，“主要是我老公在杭州，而且还是想回杭州来创业。”

青梅竹马的小学同学，兜兜转转走到了一起，听起来虽然老套却仍然是让人羡慕的爱情故事。回到杭州后，妍仔和Oliver一边举办婚礼，一边计划筹备开店。Oliver还开始系统学习咖啡。“起初喝不懂，请教过一些业内人士，给到最诚恳的建议就是多喝，喝多了自然就对咖啡的风味有了一定的辨别能力。世界上有那么多豆子，从非洲到中南美洲再到亚洲，还在老店时我们就定期举办内部的杯测[1]，感觉是喝到了区别，但是总记不住。”在夫妻俩经营小店的前两三年里，Oliver陆

1 杯测：咖啡从业者用来评断咖啡风味与特性的一种方式。就像品选红酒一样，以此方式客观、总体地判断咖啡的甜味、酸味、苦味、后续余韵、香气以及质量的优劣。

真想每天都去西湖边呀，哪怕只有十分钟也好！

续把不同产地的咖啡豆全给喝透了，才基本上能够喝出不同的区别，为此他还专门去学了 Q-Grader[1] 国际生豆品鉴。他说："庆幸赶上了国内这一波精品咖啡馆发展起来的好时机，也恰恰是自己找到方向和定位的阶段。毕竟我俩最早都不是做这个行业的，纯粹基于喜欢才开始做咖啡馆，因此开店也走了很多探索的路，比如引进一些甜点或者 brunch 之类的，但慢慢深入之后，发现在精力有限的前提下，很多事情没有办法同时都做好，于是最终还是选择了咖啡本身。"

同为创业者的我，终于按耐不住了："找到自己现在在做的这些事的过程，很像多年前我在日本的一次旅行经验。倒了五次火车，翻山越岭徒步一个半小时去乡村找一家咖啡馆，眼前的风景让人好怀疑，这里真的有我们要去的店吗？然后翻过眼前的这片山，那家店就真的出现了！那天在店里吃到了店主亲手制作的难忘的咖啡和面包，现在想起那味道都好开心，心里好感谢自己认真地坚持要找到那家店。"我们都偏爱那种慢慢寻找，最后赫然发现宝的惊喜感吧！

"世界互联网之都"的杭州，是被互联网深刻影响和改变的城市，线上交易的崛起，线下消费的萎缩，使得人际交往高度依赖于网络，街巷里的独立小店才更显得难能可贵。我很珍

1 Q-Grader：美国精品咖啡协会的下属机构 CQI（国际咖啡质量鉴定学会）所认证的咖啡杯测鉴定师。Q-Grader 属于一个考试，几乎没有讲解的部分。

惜小店里的人们经由长年累月建立起来的情谊，无论是与店主还是与客人，如果说网络意味着“附近的消失[1]”，那么这些小店或许是现代都市人重新找回“附近”的入口。

菠萝和小胡都是我在妍仔店里结识到的宝藏朋友。菠萝是杭州咖啡市集和夏夜游园会的发起人，她称自己是“前宁波人”，自从在杭州读书安家之后，摇身一变成为“新杭州人”，并且她绝对是比老杭州人更爱杭州的“新杭州人”。她会在大夏天一个人坐180路公交车从滨江上灵隐，下山从杨公堤骑车到南山路回城南，然后到大井巷喝杯冰滴咖啡；她是我朋友圈里少有的几乎不会错过西湖边任何一场好看日落的那个人。“真想每天都去西湖边呀，哪怕只有十分钟也好！”她说只有在杭州生活过了才明白，什么暖风熏得游人醉啊，什么落霞与孤鹜齐飞啊，什么陌上花开可缓缓归矣啊，在这里只是日常的一刻罢了。

菠萝曾在学校的咖啡馆做过兼职，又去咖啡专业杂志就职过，还干过本地生活类媒体，最后自己开了个公众号当起了美食博主，但她最爱的还是咖啡馆。

“你知道吗，我们开老店的时候，菠萝在开业后的第二天就来了。开在那么偏僻的角落里的咖啡馆，我也不知道她是怎么找到我们的。”妍仔对于最早一批“不请自来”的客人总是

1　附近的消失：人类学家项飙在网络访谈节目《十三邀》中提出的观点，他认为以互联网为代表的科技发展使得现代社会呈现出一种趋势，就是消灭附近。

耿耿于怀，“不过在杭州，我们只参加菠萝组织的市集。”

菠萝自有一套探店的标准，不是为了去店里拍照打卡，也不是平时根本不喝咖啡的小编只为产出内容发到网上，而是深入店主们的日常，可以说是跟着店主们一起交流成长起来的。串门串得多了，自然也越来越懂，至于推荐标准却只有一个——这家店真的够好喝！对于不够好喝的店，她便直言不讳地拒绝。日积月累，她逐渐熟谙了杭州街角巷弄里大大小小的咖啡馆，并且将心中那些“好喝”的店集结起来做成一年一度的杭州咖啡市集。如果说，咖啡馆像街巷的枢纽将人与人联结了起来，那么，是人将这些散落在各处的小馆子又重新串联起来。

再说说小胡。Ceremorning 的开业是以一场小型艺术展拉开帷幕的，当时开幕展上的作品就是出自小胡之手。那天，我注意到在“艺术家简介”那栏写着“一位喜欢在杭州散步的杭州人”，这立刻勾起了我的好奇心，妍仔便介绍我俩认识了。小胡毕业于中国美院版画系，她的创作多以版画、速写和艺术书为媒介，后来才晓得她还是国内知名的 abC 艺术书展[1]发起人之一。她跟好朋友做了一个城市漫游的拓印项目，持续了两年多，在杭州的野外寻找因各种原因被砍伐的树木，记录定位，将树桩横截面、树皮等通过拓印、宝丽来照片等形式记录下来，

1　abC（art book in China）艺术书展始于 2015 年，致力于推广本土艺术家书和自主出版物，并引入全球优秀的出版人、机构建立对话。媒体平台持续推送全球前沿的艺术出版资讯，以专业的观察与轻松的角度拓宽“书”的边界。

做成纸质的手工书。

“平时喜欢出门爬爬山，拓印变成了我们想要去玩耍的‘正当’理由。小时候经常在杭州看到很多的石碑，大都用于记录一些历史事件，其实那些就是正统的拓印。”小胡娓娓道出做这个在地项目的由头。

“很像是我们写毛笔字的时候临摹的字帖？”我问。

“对，对，就是那个东西！”

“拓印最大的特点就是1:1还原，我们想要通过这样特别的形式去呈现城市的变化和更新，像一本城市的小档案，也有点儿像是地图——一本给在杭州旅行的人的私家漫游地图。”

“会不会下次去景区大家都站在树下拓印？”

“哈哈哈哈……”

“现在做到第几本了？”

“三本。第一本是在杭州九溪，沿着五云山上山的小路发现的六棵树的横截面。第二本是在杭州各地选取的六棵树，拓的是生长着的树皮。有趣的是即便过去很久，还是可以寻找到这些树，去摸摸它。至于第三本，我们去到了别的城市进行驻地创作。”小胡说自己还会经常去“回访”先前拓印过的树。“比如九溪有一棵树已经被砌成了台阶……”她略显失落。

“快看，我们还把竹子的拓印做到了‘丛林之梦’这款咖啡豆的包装上！”妍仔兴奋地给我展示她的成果。来自非洲埃塞俄比亚的水洗豆，取自法国后印象派画家亨利·卢梭笔下充满浓烈梦幻色彩的热带丛林风光，口感上更是呈现出怡人的花香和甜橙、芒果等热带水果的风味。

“咖啡豆到了杭州也要入乡随俗啊！”大家笑成了一片。

这些都是在店里聊天的日常，我会在 Ceremorning 的吧台开放日约好朋友去店里喝一杯。除了超宽敞的白色大吧台，我更偏爱坐在一旁细长的条形长桌边。长桌似乎是对人与人之间最小社交尺度的探索，营造非常规的公共空间，也拉近客人之间的距离。

“之所以做不定期营业的咖啡吧台，是为了让喝咖啡的人可以不约而同地过来。而在不卖咖啡的其他时间，又可以给到其他客人一家很安静的商店或者艺廊。因为如果楼下一直有人吃吃喝喝，多少会产生影响，希望把不同需求的客人区分开来，当然我们也能有更多时间做内部的调试和新品准备。”妍仔对自己的店可谓要求苛刻，小到一杯咖啡的出品，大到推开店门后的所有感受。她会准时在月底发布下个月的吧台开放时间，起初总会有新客因上了门喝不到咖啡而抱怨，时间久了，客人们都养成了上门前先看看时间表的习惯，而老客们恰恰也默契遵守着这种任性的规矩，大家每周都会过来，碰个面喝杯咖啡。

“我记得日本有一家咖啡馆就是一周开两天，然后其他时间就会在店门口贴上一张告示，老板去哪里哪里干些什么。当时我就和 Oliver 说，好羡慕啊，是不是有一天我们也能实现这个愿望。”

“可能老板在另一家店里打工。”我凑近闻了闻 Oliver 刚磨好的豆子的香气，一边打岔道。

“哈哈哈哈哈，有可能，有可能。虽然盈利是能够把店开下去的必要条件，但开店也可以不只为了营生，而真正成为我们的生活吧。咖啡馆也不是非得早上八点开到晚上八点一周开满七天啊，我们是不是也可以慢一点，用现在流行的网络词汇就是拒绝内卷！”

“这样说来，好多年前在厦门也有这么一家店，叫晴天见。只在晴天开门营业，店门口常年挂着一只晴天娃娃。”

“这……估计行不通了吧，杭州是泡在雨水里的城市，这恐怕一年只能开几天吧。”大伙儿都笑了。

我认为小店和街巷是一种互利共生的关系。我会因为喜欢一家店而频频造访一条街巷，也会因为一家店的消失而不相闻问，大井巷在我的心目中就是如此的存在。不知从何时起，每当提到河坊街及其周围一带，杭州本地人总会皱起眉、不屑一顾地说：“那边啊是外地游客去的地方咯！”自从把店开到大井巷，妍仔被问得最多的问题就是：“你们为什么要把店开在这里？”

“这条巷子难道不好吗？”妍仔反问，“城南，才是最杭州的地方。”

其实相较于尽人皆知的河坊街，大井巷倒是难得的闹中取静，自带一种略微矜持的冷静。将人潮攒动的河坊街隔绝在蜿蜒的巷子之外，也过滤掉单纯因好奇而来的过路客，把一条更克制与内敛的杭州老街巷留给更具耐心和细心的来者。作为杭州最古老的巷子之一，大井巷有着颇为深厚的历史底蕴。整条巷子东起中山中路，西折北至河坊街，长不足三百米，因巷内有五眼被称为“吴山第一泉”的水井，故以井得名。据《梦粱录》记载：“吴山北大井曰吴山井，盖此井系吴越王时有韶国师始开为钱塘第一井。山脉融液，泉源所钟，不杂江潮之水，遇大旱不涸。”[1] 过去，生活在大井巷的老杭州人一直靠井水过日子，拎水洗衣冲凉煮茶，本地人说：“这井是有灵气的，这水的味道甘甜清冽，就是原本的杭州味。”大井的对面曾是张小泉剪刀店[2]，张小泉剪刀胜人一筹，也是靠大井的水磨出来的呢！人们既可以从大井巷的上山道径直上吴山，也可步入热闹非凡的河坊街，还能直通鼓楼和老字号云集的中山中路。南宋时这一带已是商铺林立，酒楼茶肆鳞次栉比，最有名的当数胡庆余堂、朱养心膏药店、保大参号等如今仍保留完好的老建筑。其中巷北与河坊街交叉口的胡庆余堂国药号可是在坊间与北京同仁堂齐名的，由清末“红顶商人”胡雪岩所创建，属于徽派建筑风

1　[宋]吴自牧《梦粱录》，一本介绍南宋都城临安城市风貌的笔记。浙江人民出版社，1980年8月，第97页。

2　张小泉剪刀：浙江杭州市知名的传统手工艺品。张小泉，明末安徽黟县人。所铸剪刀，选用闻名的龙泉钢为原料，镶钢均匀，磨工精细，刀口锋利，开闭自如，因而名噪一时。

格，是国内保存最完好的晚清工商型建筑群。20 世纪 50—60 年代，这里依旧住着不少本地居民，默默形成一个小小聚落。70、80 一代的孩子小时候总是与邻居玩在一起，夏天的傍晚，大家会聚集在巷子里纳凉吹风吃西瓜；冬日的午后则三三两两聚在一起打牌下棋。直到 20 世纪初，大井巷开始拆迁，除了胡庆余堂依然开放名医坐诊，巷子两侧的其他旧址陆续关门，只剩大井兀自留守在一方露天院落内。之后，市政着手改造历史文化街区，大井才被重新修缮成为一处文物古迹。经过一轮轮的整治和翻新，旧日生活的痕迹或许已面目全非，但城南依旧是杭州老底子生活的真实标本，历史与现代的交织、新与旧的融合，在这条老巷子里缓慢酝酿变化着。

随后，第一批文艺小店悄然开了起来：荷方青年旅舍、薄荷庭院、真 K 小馆……那一阵子，我特别钟情于在雨天去大井巷。江南的梅雨季节没完没了地下雨，细细密密的。大井巷的大部分房子属于历史保护工程，因此这边的小店几乎都是有由明清建筑改建而成，以不破坏原有风貌和格局为前提，老建筑重构，为街巷开启了另一种生命力。

早前这里曾有过一家名叫薄荷庭院的小店，就是典型江南民居的样子。推门而入，一处幽静天地出现在眼帘，长方形的小小庭院，木结构的两层民居，屋内椽梁交错，自然光从天井一泻而下，天井可是老房子的精华所在。院子里花木扶疏，薄荷、铜钱草、绿萝……葱翠的绿意填满了院子，这是主人每日悉心打理照看的结果，薄荷种得尤其好，想来这也是店名“薄荷庭院”的由来吧。偷得浮生半日闲，雨天适合坐在二楼靠窗的位置，点一杯薄荷饮品，听着雨滴滑落的声音，对着窗外白墙青瓦和撑伞走过的路人发呆，那画面像极了诗人戴望舒[1]《雨巷》中的描绘——“撑着油纸伞，独自 / 彷徨在悠长、悠长 / 又寂寥的雨巷 / 我希望逢着 / 一个丁香一样地 / 结着愁怨的姑娘”。更为熟客们津津乐道的却是他家的特制私房菜，手写菜单，应季家常菜，像是去朋友家中做客的感觉。

21 世纪初，中山中路被称为“日料一条街”，也有人说，一条中山中路就是半部杭城的日料史。杭州的日料店数不胜数，但真正走心的却并不多，大井巷的真 K 小馆是当年难得让我愿意一去再去的一家。典型的日式小酒馆，低调却温暖，店内墙面贴着的一张张老电影海报，自带置物筐的凳子，都能看出主人的用心。关键食物也很美味，夏季的冷制流水面是去暑良品，洋风海鲜锅、烤鲣鱼饭团是我每次必点，多春鱼南蛮渍和烤鱼子也相当出彩，配一盅小酒或者来一壶香甜的白桃红茶是习惯的操作，就连每一样料理的容器都是绝不重样、别致好看的。只和最要好的姐妹才会约在这家店，通常是下午茶连着晚饭一直延续到入夜后的酒局。望着店外巷子里的人来人往，阳光落了下去，暮色逐渐升起，直至巷子里的路灯点亮，内心感

1　戴望舒（1905 年 11 月 5 日 – 1950 年 2 月 28 日），男，名承，字朝安，小名海山，浙江杭州人。代表作《雨巷》《我的记忆》，被称为“雨巷诗人”。

叹道："夏末秋初的夜晚，原来也很迷人。"光顾了数次之后才晓得，原来老板娘早年远嫁日本，后来回到自己的家乡杭州开了这个小馆，也把地道的日本家庭料理搬了回来。有时候，生活里的美好就是有一家惯去的小店，一个固定的位置，一份不假思索就能点菜的菜单，以及一种内外都安心的不曾改变的气氛。

只可惜，"三五年一换水"终究是杭州独立小店的一句魔咒，大抵也总逃不过店铺的营收再也无法负担水涨船高的房租。有时候我会残酷地想，也许城市的发展或多或少也有赖于这些前赴后继地投身"小店梦"的年轻人，他们一轮又一轮地被时代碾压着，却也愈来愈坚定和变通。

自从妍仔把店搬来了大井巷，我终于又找回了再来这里的理由。巷子的更新从未停止，老店的邻居查文也按捺不住把茶客厅搬了过来。出自相同的设计师之手，门头模拟屋檐的三层几何结构有如流动的水波，刚好与斜对门的 Ceremorning 遥相呼应，在网络上更是被客人们自发解读为"风生水起"组合。

没过多久，北京的铁手咖啡制造局也落户杭州大井巷。说来也神奇，以"井水为饮"的老巷子，如今却成了人们去"喝一杯"的地方，难道也算是一种传承？

"在景区就能看展喝咖啡品好茶，在市肆就能等日落听雨打芭蕉与明月清风同坐——这就是杭州生活的日常啊！"菠萝

艾叶饺（清明饺）

春笋

发出了深情的感慨。

“过去我绝对不会去河坊街一带，但现在也会经常去周边发现新的地方。换位思考，我们自己去别的城市旅行，不也是想找一些这样的地方吗？新旧交织的城区，有传统的市井，又有时髦的店铺。”为此，妍仔做了《大井巷散步地图》，以大井巷为轴心，辐射到更多的街巷里弄，收录的不仅仅是年轻的小店，更多的是开在这里几十年的小摊小贩，比如周萍粽子店、三毛烤鸡、游埠豆浆、孙奶奶葱包桧[1]等等。“让客人们来巷子里逛能收获更多，而不是千里迢迢只为了到你的店，十分钟打完卡就走掉。”

以妍仔的散步地图为引，我重新发现了吴山脚下太庙遗址旁的大马弄，那可真是我心中杭州现存最销魂的弄堂。南起察院前巷，北抵城隍牌楼巷，谁能料到这条长不过两百余米、宽仅五米左右的小弄堂里，竟然浓缩了一整座城市的烟火。它仿佛是杭州天生的“菜担儿”，有人告诉我：“这是杭州最后的马路菜场。”巷头牌楼上“大马弄”三个字赫然在目，据说是从毛主席的笔墨中拓下来的，两边的对联更是道出了这条小巷的灵魂：“北驾南舣迎天下客，山珍海味上舌尖来。”弄堂里的大

1　葱包桧：浙江省杭州市的一道风味传统小吃，其制作方法是将油条和小葱裹在面饼内，在铁锅上压烤或油炸至春饼脆黄，配上甜面酱和辣酱。葱包桧与南宋奸臣秦桧有关，岳飞被杀害于杭州风波亭，百姓与爱国将士莫不痛心疾首。杭州有位点心师傅，他用面粉搓捏成两个象征秦桧夫妻的面人，把它们扭在一起，丢进油锅中压烤，以解心中之恨，并称其为“油炸桧儿”。一时，市民争相购买，恨不得一口吞下“油炸桧儿”。这一方式很快被各地仿效，为了避免秦桧起疑，有人把木字旁的桧改成火字旁的烩。故也被称为葱包烩。

多数店铺都没有正式的招牌，有些甚至没有固定的摊位，看起来有点简陋凌乱，但并不妨碍来往人群热火朝天地购买。每到岁末年初，大马弄还是杭州年味最足的地方，是正儿八经的年货一条街。蒋师傅酥鱼、老奶奶杭菜、望江门千张包、金元宝大蛋饺、临安山核桃、义乌冻米糖、仓前羊肉、诸暨年糕、鱼圆春卷……时鲜蔬果、南北干货，再加几盆红红火火的年宵花才是过年的味道。走进大马弄才晓得，察院前巷那一溜酱味竟然只是万千味道中的一种。

在同一时间和空间内容纳尽可能多的小摊小贩，就是“马路菜场”之所以迷人之处。与独立店面、商超专柜所创造出的专属氛围不同，这里糅合出一种嘉年华式的气氛，是一个产生互动、你来我往的地方。回到食物的源头，去看看如何被制作出来，然后去交换价值，享受吆喝和讨价还价，自由的空气中有情感的流动。在如今的城市中，生命力很容易流失，但在这里，人们总能感受到一种生机勃勃。聚拢是烟火，摊开是人间，杭州人的根或许就藏在这一片日新月异后，依旧繁荣热闹的市井小巷里。

“我想告诉更多人，除了必看的名胜之外，老城南朴实热情的真实生活才是我们在杭州的最爱。”妍仔说。深入杭州的角落，低调不张扬地深耕一行，这是热爱着所在街巷的店主怎样的一番良苦用心？不同的店吸引不同的人，不同的人又发现了新的惊喜，对于整条街巷来说也是更有意义的事情吧。

杭州是一个适合人做梦、干活、恋爱、结婚、悠然过活的地方。

这句话被藏在巷子里，写在店门口，

挂在店主和客人们的心上。

小店通常也会遇到一些质疑与诱惑，比如总有人来问妍仔，:“你不开五家、十家店怎么赚钱呀？”

“不是只有做大做强这一条路啊，坚持把一件事做小、做精、做长久，与所在的城市发生一些深层次的联结，不也是一种成功吗？”还好在这一点上，巷子里的大部分店主都达成了一致。

究竟什么是独立小店？并不是那些非连锁的店就叫独立小店，也不是指店的规模，而是指可以执行个人意志的独立商店。它们无视潮流，没有用大众化的商业模式思考，而是按自己的方式经营着，甚至可能做着偏离正轨的尝试。它们存在的意义不是生意兴隆，驰名海外，而是面对浑浊指引人们在某一个日常的瞬间从社会的禁锢中解放出来。小店需要有不同的业态，资本当道、规模为王是大多数人认为的成功，但也有另外一些人，他们保有自己的独立性，他们只有一家店，不想要第二家、第三家，它们因边缘而自由。

当一条街区有越来越多这样的独立小店生存下来，慢慢你也会感到你和你的客人、你的伙伴、你的同行，甚至所有的人都是一个紧密的街区共同体，大家葆有着相同的目标想法，也就不再怀疑自己。你会觉得：“哦，原来我不是一个人。”并且给往后的人一些鼓励：“这样的小店也是可以存在的。”

在以往出国旅行的经验里，我总会看到一些七八十岁的老人家还在经营着他们的店，甚至他们的上一代和下一代都在做着相同的事情。譬如位于东京银座的琥珀咖啡馆，由关口一郎先生在 1948 年创立，它是日本第一间只卖咖啡的专门店。关口一郎先生直至 103 岁时仍每天坐镇在咖啡店里，是放眼世界也只他一人的“百岁咖啡职人”。2018 年先生逝世，他为追求琥珀色的美味咖啡，用一辈子守护信念的坚持却鼓舞了无数的开店人。妍仔说她第一次去琥珀咖啡馆的时候，老先生就已经 98 岁了，他还在烘焙间里工作，她说自己当时受到了极大的触动，觉得这样状态的小店应该在我们国内也要存在吧，并且跟一旁的 Oliver 说：“我们先不要去想什么连锁啊、商业模式啊，我们先看看自己有没有能力成为这样的店，这也可以是成功的模式啊！并且在这样的模式下，我们可以少一些拘束，更多去实践想尝试的事情。”

杭州是一个适合人做梦、干活、恋爱、结婚、悠然过活的地方。这句话被藏在巷子里，写在店门口，挂在店主和客人们的心上。

妍仔曾跟我描绘过她在大井巷看到的动人一幕：有一次为了拍摄店铺照片，凌晨四点她就来了，远远看见一位老人家和他的狗坐在店铺前的板凳上，应该是居住在当地的老人，晨练结束后在这里暂作休息。老人家正在给狗喂水，当时天才蒙蒙亮，一道金黄色的晨曦正好照在他们身上，城市新的一天开始了。如果不是那个契机，妍仔不会在那个时间点到自己店里看到这样的一幕，原来这样美好的小小点滴每天都在巷子里发生着。如果我们被某个瞬间击中，它就是永恒。我想，那一刻一定也在妍仔心里变成了永恒。

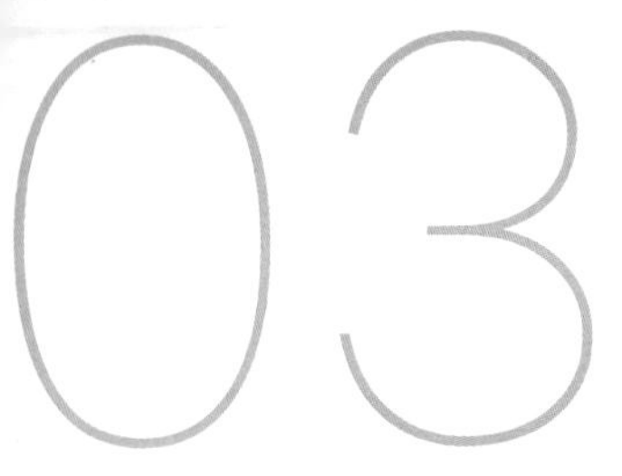

居游大麓寺

01

雨后的初夏傍晚开车上山，对于九龄来说是一件特别美妙的事情。行驶在235国道，能望见远处被雾气袅绕着的鸬鸟山，层峦叠翠。师姑屏[1]像是一道结界，将城市与山林自动分隔，山前与山后的空气乃至气候都是迥异的。驶出太平隧道，整个太公堂村都笼罩在一层薄雾之中，沿着太大线一路盘山而上，两侧竹林茂密，山风微拂，车窗外皆是冉冉升腾的水汽。

"我就是这么驾着雾盘山到了大麓寺的。"九龄怡然自得地说，"腾不了云，但咱也是驾过雾的人了！"

上山的路有七十几个弯，海拔六百米，时而弯曲，时而笔直，山势呼之欲出，转眼间又如临悬崖，一条山泉长年累月从山体自然涌出，由山顶挂到山脚。这段蜿蜒八公里的山路九龄竟不知已开了几百回，哪几道弯前的溪流总有水鸟徘徊，哪几处崖边的枝头会有山樱探出，她都了如指掌。一次，她指着一块大转弯处的石壁对我说："你看，这像不像毕加索的画像？"只见巨大的褐绿色石壁陡立于崖边，从侧面看恰似半张瘦削的人脸，再转到正面定睛一瞧，锋利的轮廓更是入木三分，山石自然形成的错落像极了毕加索抽象派的画风，简直惟妙惟肖！

1　师姑屏：山名。位于杭州市余杭区鸬鸟镇，海拔588米。

九龄把它叫作“毕加索弯”，或许，她为这条山路上的每一道弯都取过一个名字。

泉水流过宋代的古桥，石蛙蹲在溪石上，百年柳杉伫立山间，谷风乘水而来，萤火点点，云过银河。天是一下子黑的，但在黑透之前，天空会反渗出一种深邃的幽蓝，那是天光的颜色，久望使人流连沉醉。山里的夜晚格外静谧，连虫鸟啼鸣也是静的一部分，可以听见云层的流动声，晚风掠过树叶的沙沙声，泥土深处甚至有奇异的音节……有时听见竹林中四处传来“咔咔”的声响，像有东西破壳而出，时断时续的。问九龄，她说这是竹子拔节生长的声音。人在自然环绕之中会有更安宁的感觉，天一黑就自然地犯困，八九点钟就好像已是深夜。清晨，天边泛起鱼肚白，公鸡一打鸣，身体也跟着醒了。山里气候宜人，等到盛夏，气温要比山下低近十摄氏度，是避暑消夏的好地方。

“山中自有神仙在”，九龄便是这山中的仙女。一袭素衣，长发及腰，眉目温润，轻言慢语，周身散发着南方女子的恬淡静秀，没料到这样一个娇小的姑娘竟是东北人。起初，令我颇为诧异的是，这个看似与我年龄相仿的女子，怎会甘于久居深山？主业是建筑设计，于北京上海两地的国内知名设计公司工作多年，她的身影也曾穿梭在北京的高端写字楼里，上海十里洋场的五光十色中。“做了十一年设计师，开始对商业的流水线工作形态心生倦怠。逃离北上广，从公司的链条里脱离出来，想要离自然更近一点。”在外人看来是如此巨大的一个人生转

过去那几年，在理所当然的拥有和猝不及防的失去中，

我花了很多时间来理解人与人之间的热情与薄凉，

因此，也对当下的人事物有了更深的认识与体谅。

折，她却解释得轻描淡写。

竹子是这片山林里的宝。风舞林动，竹影婆娑，山民们大都靠养竹为生，砍伐有序，追随四季流转，这样的生活，在城市人看来简直无法想象。山中的云，每一天都不一样，运气好的时候，可以看到壮阔的云海盛景。九龄用了整整一年的时间，记录下山中的云海景象。“收集云海”听起来仿佛是件荒谬的事情，云这般瞬息万变、飘来飘去，却也遵循着大气层变幻莫测的自然法则。“你要做的，只是去看，去记录。”她淡然地说。久而久之，村里的人都晓得山上来了个“收集云海”的女设计师，大家还给她起了“云海九姑娘”的别号。“九”这个数字是极好的，古人造字起于一而极于九，也意味长久，但免不了让人猜测：“她是否在家中排行第九？”后来一打听，她在东北黑龙江的老家仅有一个亲弟弟。“或许是出生时，脸上嵌着一对酒窝吧！”九龄言笑晏晏。

山中无历日，转眼已入山八年，九龄如一只自在的鸟儿，于这片山林之中衔枝建窝，无论外面的世界如何摇摆变幻，只要山岿然不动，她便安然自若。她总说，能住回山里，是无比大的福报！

天目山

[元]明本[1]

1　明本（1263 — 1323），元代著名高僧，浙江杭州天目山僧。

一山未尽一山登，

百里全无一里平。

疑是老僧遥指处，

只堪图画不堪行。

许多年以后，面对绵延的竹海，九龄总会想起跟着老宋初次上山的那个遥远的午后。此地为杭州最高峰窑头山的山腰，天目山脉的最东峰，原为一座千年古寺大麓寺所在地。整个村子围绕着大麓寺而建，选址考究，风水极佳，周围万亩竹山，山谷中水杉林立，溪水穿谷而过。大麓寺由禅宗临济一脉传承，是一处祖庭清静的寺院。关于大麓寺的历史可以追溯到公元300年，据南宋《咸淳临安志》[1]记载，西晋永康年间，空谷僧人建天禄寺（即大麓寺），距今已有1700多年历史，为浙江省建寺最早的寺庙，仅次于中国第一古刹白马寺。北宋政和二年（1112），孔子五十二世孙孔清觉重建，改名大禄山寺。在寺院施工中途，朝廷取缔白莲教，白云宗[2]受牵连，孔清觉被流放，寺院停工。元至元六年（1340），白云宗传人慧照禅师重修，改名竹隐寺（和林隐寺相对应）。清康熙《余杭县志》[3]

1　《咸淳临安志》：南宋地方志。咸淳年间临安知府潜说友撰。说友，字君高，缙云（今属浙江）人。原书一百卷，今存九十五卷。临安，府名，治今浙江杭州市，为南宋都城。

2　白云宗：佛教华严宗的一个支派。宋徽宗大观年间（1107—1110）僧孔清觉（？—1121）创建于杭州白云庵，故名。

3　《余杭县志》：周如汉主编，浙江人民出版社，1990年。

记载，明洪武二年（1369）重建，改名大禄寺。寺庙规模宏大，有钟楼、山门、天王殿、大雄宝殿、观音殿、五百罗汉殿、地藏王殿及配套的僧寮、居士寮和斋堂等，为当时我国最大的木结构寺院之一，寺庙格局同杭州灵隐寺。元朝末期，大禄寺被大火烧毁，据府志记载，清嘉庆十一年（1806）大禄寺重修，正式改名大麓寺。

据说，太平天国时期，安徽省安庆一带有难民逃难至此，始形成村落，这里的房子还有些徽派建筑的神韵。解放初期，寺院保存基本完好，香火旺盛；“文化大革命”爆发后，院内的佛像遭大规模损毁。如今，古寺仅存破败的遗址，唯有寺庙前的两株千年古银杏和一口硕大的明代古钟，如迟暮的老人依然守护着这片山头，与对面的径山寺遥遥相望，默契对语。不过，当地依旧保留着礼佛的习俗，每年农历七月的最后一天，大麓寺会举行盛大的庙会，就连山下的村民都会纷纷上山，烧香拜佛。村子会统一请来厨师，在寺院前支篷搭灶、大摆筵席，免费供应清爽的素菜斋饭，热闹非凡。人们保有着原始又朴素的信仰，幸得禅寺庇佑，这片山林风调雨顺，子孙后代安居乐业。

2013年前后，整个浙江省及周边的乡村刮起了一阵“民宿风”，余杭人老宋因为对老房子有着亲切的感情，遂动了回山里盖房子的念头。当时，他的工程与建材生意做得还不错，有了一些资金，想要在山里建一个院子。他开始在杭州周边找合适的地界，办法有些傻，从百度地图上搜索，发现有山有水的断头路，就骑上摩托车去实地勘察。寻了大约一年有余，终于找到了鸬鸟镇窑头山的大麓寺村。据他回忆，当时本为寻水而来，听当地人说："这山上的水是甜的！"开了七十几个弯，路过一棵微倾古树，老宋眼前一亮，不知不觉便进入一座与世隔绝的山谷，颇有种"山重水复疑无路，柳暗花明又一村"的感觉。下车一打听才知，这就是有一千七百多年历史的大麓禅寺遗址，寺虽已荒废，山势气场犹在。二三十户人家的小村落独立于世，为了方便生活，村民们陆续把家搬到了山下。老宋寻来的时候，只剩三四户人家了，都是些老人。那些空了的房子错落、破败，有的塌了顶，有的没了门，有的四面通风，有的杂草丛生……似乎一下子回到几十年前，时光一下子放慢，他在心中默默打定主意："就是这里了。"果真，他很快租下了其中的十八栋老房子，打算着手打造心中的家园，取名"菩提谷"，并邀请了建筑设计师九龄一同上山察看。

大麓寺距离杭州市区仅一个小时车程，正符合九龄对"隐居"的理解。"不是那种离群索居。虽说生活在山上，但视线也能随时触及山下的世界。我觉得人并不是离群索居就能把很多事情想明白的，还是要跟人去接触，然后做事情。"九龄想要在城市和山水之间寻找一个平衡点，当她被山间遗世独立的自然之气所震撼到的那一瞬，一种古老的感觉升起来，心头顿觉舒畅。回到家中，九龄想了整整一夜，最终，她接受了老宋

的邀约，成为一名“山民”。

老宋并没有急着改造大麓寺的那些旧屋，而是先花了一年时间,在窑头山山脚下做了一间“样板房”,名“菩提谷”彩虹居，是为他理想的山居生活打个样。整栋房子坐落于溪水之间，背倚竹山。改造过程中，尽量保留了老房子原本的面貌，修旧如旧，寻朴为拙。为了不破坏山体，还将大面积的裸露岩石原生态地引入室内，成为浴室的墙体和走廊的背景。所有装修没有一滴油漆，自然调制的木蜡油，既环保又保留了木头原有的纹理和质感。“一切的目的就是减少城市生活的痕迹。”渐渐地，被引入的山体还长出了青苔和岩蕨，如同岩洞一般，野趣十足。屋外的露台上有一张长条木桌，有时候，晚上，工人们都走了，他会一个人坐在这里，把屋内的灯全打亮，开一瓶酒，自饮自酌。等夜深了，有六七分醉，趴在桌子上昏昏沉沉睡过去，溪水虫鸣相伴。鸡圈改造的阳光房是老宋的餐厅，菜蔬都是本地应季土产,掌勺的是当地村里的一位厨娘。此地民风还算淳朴，左邻右舍拢共三四十户，隔三岔五地给新邻居送一些鸡鸭、蔬果过来，“不收反倒会翻脸”，他很是心安理得。

老宋家住良渚七贤桥村,在良渚文化村的西部。《三国演义》开篇写“话说天下大势，分久必合，合久必分”，动荡的汉末到魏晋时期，民不聊生，然而对于中华文化来说，该时期百花齐放，前有“建安七子”，后有“竹林七贤”。对良渚来说，“竹林七贤”的影响颇为深远，阮籍、嵇康、山涛、刘伶、阮咸、向秀、王戎七人崇尚老庄哲学，经常在竹林间肆意酣畅，吟诗作对。传说他们曾到此地游历聚会，七贤桥由此得名。继承了这份地缘文脉的七贤桥，在老宋心中埋下了对洒脱的人文气质的向往，他羡慕七贤超然物外、与青山绿水为伴的写意人生，甚至也给自己起了“竹林七贤”的雅号混迹于网络世界。十年前，七贤桥虽说相对荒凉，但却还能得见风吹稻浪的景象。后来，田野开始荒芜，隔着毛家漾河不远处的山脚下，是建设得如火如荼的地产巨头的楼盘项目。山中的菩提谷似是老宋心中的桃花源——既然现世中没有，那就造一个出来。山脚下四间房的“样板间”初具规模，除了自己定期前去小住，老宋也会邀家人或朋友同往，慢慢地，通过互联网的渠道酌情开放给投缘的来访者。

2015年末，为了物色跨年度假的场地，我在机缘巧合之下结实了老宋。那几年，城中大兴土木，每逢冬季雾霾围城，市民苦不堪言。“来山里避霾吧！”老宋热情地邀我进山，我亦欣然答应了。

去往彩虹居的途中迷了路，一鼓作气开上了盘山路，进山后，手机信号时断时续，眼前的坡越来越陡，一车人有点儿慌了神，进退两难，只得硬着头皮往前冲，终究也记不得到底绕了多少个弯。老宋和儿龄出来迎接，一颗悬着的心才算放了下来，原来我们竟误打误撞开到了大麓寺。当时，大麓寺的老房子已经开始动工改造，由九龄操刀设计。

“这里可是连导航都导不到的，难怪你们会迷路。”老宋安慰道，“不迷路又怎能发现新大陆？”老宋扬言，他开车上山的最快纪录是十分钟，从山脚一路飙车到山顶，我们可是开了将近一小时！而他的诀窍就是，上山前先跟山顶的人接好头，若是一路无车，便可畅通无阻。

初见老宋的那一年，他还是个长发飘飘的“胖子”，套着宽大的麻布衣裤，颇有点儿仙风道骨的气质，脸圆圆的，眼睛一笑就眯起来。在往后的漫长时间里，他经历了从暴瘦四十斤、剃了利落的板寸头，到无情地胖了回来、蓄回长发，遂又重返漫漫减肥路……人生在胖瘦间交替，犹如四季的更迭，无休止。老宋还是有些匠人劲头的，出身木匠，十四岁辍学跟着父亲做木工学徒。曾听他讲过做木匠的经历，拿到一块木头，别的木匠都是该做什么做什么，他总要想一想，还可以做成什么，“见识很重要”，这也是他的感悟。他的知识积累，除了工作，大多是通过“行走”完成的，他以背包客的方式走过中国的大多数地方。2000 年前后，只身一人自驾去西藏数月的经历，他至今侃侃而谈。为了做民宿，去了国内不少有名的精品旅店，每到一处，他总要把床翻起来看看，用的是什么木材和床垫，他说要做一张最舒服的床。虽然，这个办法有点笨。

窑头山上的大麓寺村就是老宋的那块“木头”，这里的房子比山脚下的更隐秘。“你下次再来，就可以住九龄设计的新房子咯！”老宋藏不住欢心，“住在山里的最大好处就是不再被手机绑架，想回了便回复几条信息，不想回就借口说山里信号不好。”

山里的民宿是一个特别的场域，不同于冷冰冰的高级酒店，而是走进山里人的家，感受另一种非日常的生活。管家亲切如自家兄弟，阿姨会烧好一桌子菜喊着“开饭了”，吃的也都是山野间的美味，就连一盘白切鸡都是下午刚从竹林里现抓的土鸡。饭后，我们围炉喝酒煮茶，等夜深了跑出去抬头看星星，又冻得直哆嗦逃进屋子烤火，等到十二点钟声敲响，彼此交换新年礼物。

我跟九龄一见如故，甚是投缘，那次之后，我们便保持着恰如其分的联系。我觉得老宋是挖到了“宝”，九龄实属十项全能，画图写字、装修采购、运营管理……什么都难不倒她。大到一整栋房子的设计，小到花花草草的摆放，她都事无巨细亲力亲为，她把山中的一切打理得井井有条。每当她慷慨与我分享山居生活的静好时光，我的内心也跟着平静下来。过去那几年，在理所当然的拥有和猝不及防的失去中，我花了很多时间来理解人与人之间的热情与薄凉，因此，也对当下的人事物有了更深的认识与体谅。

“山里的映山红开了，你快来吖！”半年后，大麓寺的其中两栋房子落成了，九龄又唤我上山。每一栋房子都是原本的

这户人家选定的位置，跟山势、水的走向、阳光的朝向都有关系，在不改变基底的原则上规划出一条动线，是改造的第一步。老宋将山上的十八栋房子分别以“十八罗汉”命名——布袋居、开心居、静坐居、笑狮居、骑象居……老石板铺设的小道，经由山涧溪流到达一栋栋庭院，以前分散的民居被重新串联起来，形成一个原生态的小型村落。后来有一回，老宋约我喝酒，酒过三巡，他似醉非醉间才不慎透露了“十八罗汉”的真正由来——只是他开山路时抵抗睡意的一个小技法：因为每逢天黑之后，独自开车下山总是极易犯困，为了迫使自己集中注意力，他灵机一动想出了“数罗汉”的方法，每过一道弯就在心中默念一个罗汉，一个一个数下去，一遍又一遍，十八罗汉烂熟于心。正巧山上租了十八栋房子，为房子取名是件头疼的大事，便顺理成章地沿用了。除此之外，山上的村民都有个心结，希望有一天，大麓寺能复建寺院。有感于山民的发心，老宋希望“十八罗汉”能守护着这个村子、这座山，也守着人们内心的一份宁静。

老房子的改造是一栋一栋进行的，不疾不徐。修的是房，磨的却是心。将自然融入生活，舒适实用且体现山居的风格，才是设计改造的初衷。九龄慢慢发现，做设计的不只是人，更是这山里的空间和时间。当对这片环境越熟悉，理解越深，方案自然而然也就浮出了水面。

之后的每次上山，我都会看到山中不同的变化。好比，老宋独门独院的私宅建好了，这房子前身是一个拆房，房前一株大桃花，名曰“不问桃花居”。改造后，院子前的桃花树被完整地保留了下来，据说砌墙的时候还留足了空间，可供枝丫继续生长。每年三四月间是桃花的花期，她会宛如一位奔放热情的姑娘，从墙角探出片粉红色的云，凡是从院子前路过的人，无不流连驻足观望。那是桃花居迎来的一年中最美的时刻。

大林寺桃花

[唐]白居易

人间四月芳菲尽，

山寺桃花始盛开。

长恨春归无觅处，

不知转入此中来。

桃花居的山门可谓低调奢华，有一种原始的隆重感。用的是屋子里的老门板，却安装上了先进的自动开关——按下门旁的按钮，木门徐徐打开，一楼的客厅在眼前铺展开来。西式的吧台跟中式的茶席也搭配得很妙，用一面裸露的土夯墙将两侧分隔开来，左边是高脚凳和吧台，右边则是榻榻米和蒲团，主人可以在这里会客。流动的山泉水被直接引入屋内，舀一壶山泉水，悬挂于从房梁吊下来的一根钩子上，底下的石臼点上炭火，墙边燃着壁炉，一壶热乎的老白茶与冬日窗外的雪景相映。

老宋把这钩子取名“自在钩”，是照着日本茶道里的款式自制的，把铁杆换成了山里的紫竹，两端用铸铁加固，又在钩子的设计上花了点巧思，只在大麓寺才能享用得到。

绕过客厅，从吧台后的楼梯拾级而上，二楼转角处的沙发是听风观竹的位置，一侧的落地玻璃与顶部的天窗将大片阳光与风景引入，明亮通透，光影嬉戏。整栋桃花居只有一间卧室，室内格局轻简利落，几乎剔除一切可有可无的设施，让卧室回到睡眠本身。

老宋的桃花居完工后，九龄终于开始着手改造自己的家。

她将家安在了大麓寺竹海的最深处，林荫密密，古色古香，院落里栽种了一棵石榴树，夏末秋初结出的石榴低垂门前，惹人欢喜。依旧是老房改造，“笑狮居”却与先前的任何一栋房子都截然不同，是设计工作室，也是居住空间。落地面积仅三十平米的长条形建筑，垂直向上延伸了三层，外加一个屋顶户外露台，有一种往天空自然生长的生命力。既充分利用了空间，又巧妙地以功能作分隔：第一层是厨房和餐厅，第二层是工作室，第三层是卧室，由卧室外的阶梯爬上屋顶，便可一览众山小。“我家屋顶可是整个大麓寺视野最好的地方，”她得意地对我说，“你瞧，我还在这儿装了一个露天浴缸。夜晚，对着星空竹林泡个澡，听山风树叶细细私语，抬头可见横跨于山谷间的银河，多像是一条星空被子啊……把无穷的想象留给天地和自然，房子再大，我们不也只睡一张床吗？”

九龄的家很简单。“我家什么都没有，只开了几扇窗，每天阳光打进来很舒服。房子前后通风，可以好多天不出门。”

为了让房子增加灵动的生气，九龄在院子前养起了鸡和鸭。“别人都爱养猫狗，我竟然爱养鸡鸭。鸡鸭性平，不烦人，还能下蛋。”最初是一只鸡和一只鸭，鸡和鸭是好朋友，母鸡会把翅膀搭在鸭子身上，还经常形影不离。有很长一段时间，鸡鸭每天各下一个蛋，连续数月，九龄都来不及吃。

“我的鸡鸭一早上就来到屋檐下，它们平常不来的。不一会儿就开始下雨了，原来是过来躲雨的。它们比人的感知力强多了。”

后来，养的鸡鸭多了，她开始自学孵蛋。“母鸡下蛋时，会自己给蛋挪位置，翻个。看到第一只小鸡啄壳而出，听到小鸡叫了的时候，真的太幸福了！”她每天要去看三四遍小鸡，看着母鸡将谷子嚼碎了喂给小鸡吃，小鸡们在竹林间一天天长大。就这样，一只鸡一只鸭变成了一群鸡和一群鸭。

九龄家的鸡长得尤其好。“竹林鸡要从小养，白天它们就自己去竹林里捉虫，傍晚回来，乖乖地钻进鸡窝。散养的鸡毛色发亮，特别漂亮，已经快成观赏鸡了呢！”

对城市人来说，理想的居住空间到底是什么样子？晒得到阳光，看得见远山，人是窝在“家”里，不是关在一个“房子”中……甚至可以真正实现自给自足的生活。这一切，是我们从自己的土地上探寻到的答案，而不再是对“希腊风”“日式”的跟风效仿。这些与自然共生的房子，践行着当代人的自然之道，也许每个时代的人和自然相处的方式各不相同，但中国人心灵的最终归宿，终究还是在山水之间。

“收集云海”听起来仿佛是件荒谬的事情，
云这般瞬息万变、飘来飘去，
却也遵循着大气层变幻莫测的自然法则。
“你要做的，只是去看，去记录。”
她淡然地说。

02

老宋贪吃，即便到了山上，也成天咕哝着要做好吃的。在他的心目中有一张蓝图，改造的老房子不仅是个住的地方，还应该成为一个生态，人进来，不止于歇歇脚，还可以停下来生活。他说：“食物是生命。吃，代表了对生命的接纳。”要吃山里当季的食材，使用最简单的烹煮方式，可感受四季的风土滋味。为此，他专门留了一栋房子作为餐厅，并在山脚下的狼塘坞开辟了一块二十多亩的有机菜园，像是藏在山里的绿色食堂。从小竹地开垦的一片处女地，有泉水经过，不施任何农药化肥，全天候交给天地去运作，就这样慢慢养了两年，老宋终于种上了瓜果蔬菜。从土地到餐桌，自然农法的收获速度缓慢，但吃到自己种的菜，才深切体会到所有等待都是值得的。

春天一到，满地新鲜的野菜是山里最佳的时鲜货，我也曾跟着九龄一同摘过野菜。野菜繁殖力强，不需要照顾就能生长，营养价值却不输常见的蔬菜。当地村民往往是最懂、也最会吃野菜的。日常食用的野菜种类繁多，但采摘仍需凭经验和技巧。所谓“外行看热闹，内行看门道”，对于久居都市的人来说，要从一大片绿油油的草丛中寻找野菜，煞是费神，可当地村民一眼便认出了可佐可食的野菜。

三四月间是吃水芹菜最好的时节，沿着溪水边定能找得到，通常都是油绿地成片生长，可以一把把大胆地剪。本地的杭帮菜馆在春季常会出一道清炒水芹菜，用清水略微搓洗，将表面的泥土冲尽、沥干水，新鲜采摘的水芹菜脆生水嫩，散发着清香，刀还没切下去，手握着就嚓嚓地滋出水来了。

杭州人春日里最爱的野菜非马兰头莫属。这种东西多生于山坡、田边和路旁，摘起来却颇为费事，它们不像水芹菜生得葱葱翠翠、蓬蓬勃勃，可以直接用“剪”，很有成就感。而是需要弯腰拱肩，像采茶叶，只掇其尖，采了半天，还是浅不盈筐。《诗经》里有云：“采采卷耳，不盈顷筐。”大抵便是如此。过去，每到春天总看见野外的路边时不时有老妇们低头蹲着，走近一瞧，果真都是在采马兰头的！

马兰头的吃法亦是简单。焯水后挤干水分，细刀切碎，加入香干细丁、少许麻油和盐，作为凉拌菜。也可将其跟猪肉掺在一起，香油精盐腌渍。马兰头在里面是画龙点睛的地位，有了它，才能吃出一天一地的野味。精白面粉做皮，包到馅里做成菜肉大馄饨，冷水煮开放入馄饨，待浮起后便可出锅了。一口咬下去，面皮轻薄有嚼头，肉馅饱满多汁，口齿生香，鲜美极了。

“平时我们都吃得很健康，可以说以蔬食为主。这个季节长什么，我们就摘什么回来。清炒或氽烫一下，不放味精，就很好吃。”九龄说。李渔在《笋》中写：“论蔬食之美者，曰清，曰洁，曰芳馥，曰松脆而已矣。不知其至美所在，能居肉食之上者，只在一字之鲜。”[1]现在生活好了，野菜倒成了稀罕东西，一口口尝到的都是春光，那个吃野菜的时代早就过去了，但却把野菜香留在了几代人的心里。

杭州人对笋的喜爱近乎是一种执念。民间有“杭州不断笋，苏州不断茭”的说法。在1956年浙江省认定的36道杭州名菜[2]中就有四道与笋有关，分别为油焖春笋、春笋步鱼、糟烩鞭笋和火蒙鞭笋。杭州人吃笋，一年四季各有各的吃法：立春前后就开始吃春笋，到了夏天鞭笋接档，其间还可以靠笋干打发“无笋不欢”的日子，等到天一冷冬笋上市了，再继续接着吃。

至于笋这种东西，好的就只能是生长在山林里的，城市里出产的，都只算是次品。“此蔬食中第一品也，肥羊嫩豖，何足比肩？[3]”只要笋和肉同锅煮，人们都只吃笋而留下肉，从这一点就可知笋比肉更受宠。在市场上买的尚且如此，何况山里刚挖出来的？

窑头山大量产竹，为本地人吃笋提供了先天条件。竹子喜温怕冷，对湿度、年降雨量也有要求。冬天的笋最甜最好吃，一入冬，老宋就爱带着人去挖冬笋。老宋挖笋的工具很讲究，

1 《笋》：出自清代人李渔所撰写的养生学经典著作《闲情偶寄 · 卷五》。

2 《杭州老字号系列丛书：美食篇》：宋宪章著，浙江大学出版社，2008年5月第1版，第240页。

3 出自清代李渔《闲情偶寄 · 卷五》之《笋》，译为“这是蔬菜中味道最好的，肥羊乳猪，怎能相比？”。

不是传统的锄头，而是聪明的山民利用杠杆原理自行改良的，在铁器上特意留有一道杠，方便在锁定目标后轻松利落地拔地而起。找笋的过程才可见真招，得要深一脚、浅一脚地踏在竹林深处的土地上，躬身细看，即便眼力好的本地山民也未必能找得准。冬笋不生在地面，而是藏在土里，需要掘出来，正如老宋所言，“挖地雷一样”。美食家蔡澜在《蔡澜食典》中写：“新鲜的笋，讲究早上挖当天吃，摆个一两天也嫌老。那种鲜味真是馋死人。在日本京都的菜市场中，一个大笋卖上一两百块港币是平常事，有机会到竹园里去尝试这种笋，是人生一大味觉的体验。”[1] 在大麓寺，人们可以轻而易举地拥有这种美食体验，冬笋从挖出到入锅，间隔不会超过三个小时。将挖回来的笋去壳、洗净，老宋会取土猪五花肉腌制的咸肉，切成块状，不用放盐，一同煨煮。清白的汤汁在锅里沸腾翻滚，嫩白的笋尽情吸收着肉里的油脂，简单的炖煮就能形成美妙的平衡，土话形容得好——“鲜掉眉毛了”！难怪从袁枚[2]到梁实秋[3]，都逃不过对杭州笋的念想，食物成为“精神还乡”的媒介。

十月，秋凉渐起，适逢山中的餐厅“开饭”，我又上山了。

一间私厨，大山深处，追求的是灵性的野趣，纯属主人的

1 《蔡澜食典》：蔡澜著，广东旅游出版社，2008 年 1 月。

2 袁枚（1716—1798），字子才，号简斋，晚年自号仓山居士、随园主人。钱塘（今浙江杭州）人，清朝诗人、散文家、美食家。

3 梁实秋（1903—1987），浙江杭州人，中国现当代散文家、学者、文学批评家。

自由发挥。老宋把餐厅设在了自己的私宅旁，可见一番私心——“饿了，下楼就能吃。”他笑道。取名“不问”，与早先启用的茶室“不闻”对应，“不闻不问”凑成一对，有一种闲事莫理、与世无争的洒脱。

幽篁一路，风声十里，溪水竹荫，一抹屋檐。

露水煎茶，山花酿酒，醉卧山林，心无所往。

世间无常，不问，不闻。

——山民一飞

江南古民居的白墙黑瓦，老屋改造的餐厅仿佛随时可以升起袅袅炊烟，推开齐腰的竹栅栏，恍惚以为走进了山里的寻常人家。屋内保留了原建筑中斑驳的夯土墙，在施工中对易脱落、隔音差等问题进行了修复，九龄称之为“会呼吸的墙”。老房子里拆下来的木头和家具被重新利用，不是刻意怀旧，只是可以少砍几棵新树，让旧的东西通过设计重新活过来，多少也慰藉了老宋心中“虽旧犹美”的惜物之情。角落里的老粮橱是江浙一代人关于吃的记忆，稍做改造，变成了放杯子的餐柜。餐厅里有三十来把老木头椅子，据老宋说，是他从九户人家家中一把把收来的，每把椅子都不一样，细看椅背上的雕花纹理完好精致，像在诉说着各自的故事。

场地有了，吃什么菜成了新的难题。老宋嘴刁，普通的菜式达不到他心中的“细腻”程度。他花了一年时间，去了上海、北京、台湾、日本，寻找心目中“够品质”的食谱，最终发现，还是杭州本帮的家常菜最落胃[1]。

老宋笃定了要做健康美味的家常菜，于是舍弃了大部分市面上养殖的食材，尽可能选择山里的生鲜蔬食。蔬菜瓜果均采摘自山中的菜园，鱼虾家禽则从周边农户定点征收，一方面绝对确保食材的新鲜，另一方面也为当地的助农增收尽一份力。家常菜大都是再普通不过的品类，却可以散发令人想念的温柔，因为吃与记忆同在。“我的胃早已被烟火气熏染，时不时就会对炒菜有渴求。”老宋感叹。

山里四季分明，食材当然也紧跟节气，每隔一阵子便会调整。在“不问”餐厅吃饭就得真正做到“不问”，即不问菜品——没有固定菜单，按季节和人数做菜。每当经过“不问”餐厅，总能被厨房传来的切菜声和飘出的饭菜香所吸引，充满了治愈感，好像再多烦恼都可以暂时抛开了。本鸡煲、红烧羊肉、油淋河虾、炒二冬……是冬至上桌的菜，仅仅一盘炒二冬就已把我收得服服帖帖。这炒二冬是杭州传统的特色名肴，属冬令时菜，吃起来爽脆咸鲜。“二冬”指的是冬笋和冬腌菜，杭州人喜欢在冬天用盐腌制长梗的白菜。做法很简单，取一口大缸，缸底撒一层盐，将白菜整颗铺进去，再撒一层盐，交叉十字再铺一层菜，以此类推。接着，人直接爬进缸里，用双脚踩，左

1 落胃：杭州方言，意思是吃得很满足、很舒服。

右均匀地踩，直到菜汁出来。最后，压上三四十斤重的石块，等上半个月，即可食用。过去杭州人做冬腌菜都是选家里的男壮丁，脱了鞋袜赤脚踩，如今讲究卫生，会穿干净的平底鞋踩菜。再看“不问”餐厅的这盘炒二冬，冬笋是山上现挖的，冬腌菜则是村里阿姨自家腌制的。老宋说，那是阿姨入冬时腌制的头一批菜，只剩最后这几颗，“吃到就是赚到”。季节的嬗递伴随着味觉的流转，仿佛在提醒我们：“冬天来了！”

老宋还好酒。他常说：有事下山去，无事上山来。上山除了好菜款待，必定也少不了好酒。去的次数多了，彼此之间不再生疏，平日里滴酒不沾的我，每每到了山里总会“破戒”，喝一点小酒过过瘾。记得有一年的八月八，正好我跟九龄都是八月生，遂约了一起过生辰。席间，老宋兴致勃勃地捧出了一瓶私藏的好酒，圆柱形的青瓷酒瓶，瓶身上贴着一张字条，上面用毛笔写了“梨花陈酿”四个字，落款“醉庐主人”，笔迹清秀。“这酒可大有来头，是醉庐主人刘汉林自酿的梨花陈酿！”九龄说，“我们平时可都舍不得喝的呢。”老宋给我斟上一小盅，初入口时甜蜜芬芳，从唇齿间一过，尾韵带着枸杞和红枣的润香。极易上口，但不知不觉就喝多了，毕竟还是有些度数的。每逢喝酒，九龄的好酒量才显现出她东北人的端倪，老宋因早些年喝伤过，酒力大不如前，不过酒品依然豪爽；至于我，只能是小酌怡情，微醺就好，三人把仅剩的半瓶梨花陈酿瓜分得底朝天。

窑头山上千万竹，

秀才人情半张纸，

快雪时晴黄昏月，

菩提风来心生香。

——醉庐主人 乙未冬月

有事下山去，无事上山来。

在山里，每个季节的迎来送往都像是过节。山下的人，创造出一个又一个的节日来刺激消费；山上的人，却以四季为名，为自然庆贺。努力用双手，寻回人的精神。

以大麓寺为起点，九龄还探索出了一条春游路线。从山脚下的太公堂村沿漕雅线由西向东，千嶂里，一条公路时隐时现，弯弯曲曲通往余杭最大的一座水库——四岭水库，误入一片桃花林，忍不住下车看花。紧接着一段依山傍水的山路，途经一座业已荒废的石桥，停车逗留，一条百米长的古旧石桥横亘于河两岸，仿佛要一鼓作气地钻进这大山深处。路边用木头搭了个桥头，正上方的竹排上面写着“泉水騵”三个字，两侧是一副对联，刻在竹排上：

泉声穿堂过听天地琴音，山水开门来见乾坤文章。

我和九龄走上桥面信步漫游，眼前春水初生，泛起层层涟漪，清风徐来，水面清新的空气较山上更潮湿了些。回到车上继续前行，片刻，抵达四岭水库。

水库坐落于余杭西部山区的径山镇四岭村，大坝上有一个自然村，自古称千岱杭，水库就如同一颗晶莹的明珠，镶嵌于千山之中。四岭水库北靠老鹰山，东依白象山，西从横山，两座高耸入云的大坝将七十多平方公里内的千山之水，汇聚成一个千亩大湖。很难想象五十多年前建造的一座以防洪为主的水库，居然常年保持养有几十万尾的鲢鳙草鲤等家鱼鱼苗，春放冬捕，合理循环。当地人对自然的利用显露出古老的智慧，每逢深冬捕鱼，船聚网张，人欢鱼跃，场面十分壮观，常有几十斤重的大鱼网起。

水库北面的老鹰山上有处古迹叫同安顶，传说宋代农民领袖方腊小时候随母亲到此落脚，拜同安寺方丈为师，练武习文。至今当地还流传民谣："同安顶上天门开，巨石凌空方腊来。"[1]横山上的竹林深处还有一座古青霄庵，寺庵相对，钟磬呼应，在崇山深谷中久久回响。

初夏某一天，适逢杭州入梅[2]，顶着一场雷雨，九龄开车带我上山。次日清晨，被顺顺的敲门声惊醒，说是今日山中可见云海。入山几十余次，那是我头一回见到真实的菩提云海，并且是光影层次极佳的天气状况。我笑说："果真不枉费我暴雨上山的决定啊！"三人快步赶到叠石的野外观景台，只见山中云气升腾，飘浮的云海如同白色的海面，表面平静，实则暗流

1 《杭州的水》：马时雍主编，杭州出版社，2003年12月第1版，第244页。

2 入梅：江南地区把每年春末夏初时节梅子成熟的一段时间称为黄梅季，因雨天多，空气潮湿，衣物等容易发霉，故又称为霉雨。气象上的梅雨泛指初夏向盛夏过渡的一段阴雨天气。黄梅天的开始日期称作"入梅"，结束日期称作"出梅"。

涌动。只一会儿工夫，已经雾来雾散十余次，山在虚无缥缈间，仿佛置身于天宫。九龄说，她还曾看到过彩虹云海、夕阳云瀑和杜鹃花云海……天地有大美而无言，仅仅偷得浮生色彩之万一，已是幸运。

夏日的高积云、雨前的雨层云，以及晴朗天气的高层云……这些云每每来临，却从不重样。时而像漩涡，时而如跳跃的仙子，随风升腾；时而像一杯雪顶，时而又如瀑布般落入云潭。秋季的云海，常有雁群飞过；雪天的云海，恰似冷酷仙境，云柔美却倔强地铺盖于天地。后来看《林泉高致》，读到“真山水之云气，四时不同：春融怡，夏蓊郁，秋疏薄，冬黯淡”“山无烟云，如春无花草”总会想起那一日的云海。

九龄常常拍山顶的云，怎么也不厌。一年多，追逐着云海，寻找规律——连日雨后、暴雨后放晴、梅雨季节、节气日，还有些时候不知道为什么，云海就出现了。

霜降，山中酿米酒。自打喝了醉庐主人的梨花陈酿，老宋也决定要在山里酿酒。午饭时聊到酿酒的事，老宋说，三年前酿的三十缸米酒如今只剩下两缸了，来到山上的人都会变得嗜酒。饭后，我跟着老宋去布袋居的银杏树下看酿酒，工人们搭好了柴灶、生起了火，正架着木桶蒸糯米。用的是余杭良渚本

1 《林泉高致》是北宋时期论山水画创作的重要专著。作者郭熙，字淳夫，河阳温县（今河南温县）人，著名画家。全书共有六篇，分别为山水训、画意、画诀、画格拾遗、画题、画记，由其子郭思整理而成。

地产的糯米，大麓寺的山泉水。“用山泉水酿出来的酒会特别香甜好喝！”难怪欧阳修在《醉翁亭记》里有云：“酿泉为酒，泉香而酒洌。”老宋又领我去了隔壁一间小木屋。“这就是我们的酿酒基地。”一进屋子，我便闻到了扑面而来的糯米香，甜酒酿的香气。他偷偷掀开脚边的一缸，舀了一勺让我尝。“好香啊！”“这些是去年酿的，甜味还没出来，但酒香已经掩不住了。”“还要等多久？”“两三年吧,酒才会开始好喝。”他说，“等小暖你结婚的时候,我送你一大坛十年份的‘菩提陈酿’！”我竟一下子语塞了。

酿酒的过程犹如变魔术，用谷物包裹酒曲，夜深人静，可以听到发酵的声音。“做得不好的时候声音会闷，就像人说话，心情愉悦声音才好听，酿酒也是。”千百年来，人们一直探索着与时间的相处之道。赶时间，似乎有一股较劲的味道，成为当代人的普遍状态；但等时间，却是另一种处世哲学。老宋用山中酿的“菩提陈酿”款待远道而来的客人，把大山转化成一个酝酿时间的容器，虽然身处山中容易忘却时间，但依旧享有着时间的馈赠。

一入冬，山上的气候变化会较山下显著得多。冷空气持续南下，长江中下游大幅降温，山上很快就结冰了，早晚还会下很厚的霜。若是晚上降过冻雨，一早还能见到雨凇，所有的植物都披上一层雪白的霜，枝丫顷刻之间被冻了起来，像进入了

某种结界，时间停住了。随着太阳慢慢升起，枝丫上悬挂着的冰凌，在阳光下玲珑剔透。天空愈蓝，冻雨愈美。

经常听老宋和九龄聊起大麓寺的雪，却未曾亲眼所见。杭州本就是四季分明的地方，冬天多少也会下点儿雪，虽不抵北方鹅毛大雪的阵势，却也能让南方人过一把银装素裹的瘾。

杭州的雪多以雪子或雨夹雪为主，空气太过潮湿，细粉状的雪一落地便化了，踪影全无。因此，要等雪积起来不容易，大多数时候就是点到为止，前奏漫长，主角却迟迟不肯出场。山上则不同，借着海拔优势，若你有足够的时间跟耐心，想在冬天遇见一场雪的概率还是挺高的。老宋的经验之谈是，一旦待到城里有了飘雪的征兆，就要毫不犹豫地即刻上山。有时候，为了看到绝美的风景，是需要不顾一切的。

于是，总有些冲动的城里人会在寒夜驱车上山，为的就是等雪来。腊八前后，窑头山便开始雾气迷蒙，气象预报显示：大寒初候，大雪将至。

山里的雪像懂事的孩子，下得悄无声息。次日早起，拉开窗帘，不禁惊叹："喔！下雪了！"天上人间，四顾一望，并无二色，如置于一方洁白无瑕的玻璃盒子内。在雪的笼罩下，山林宛如抽离掉了所有色素，只剩下单一的白。

江南雪，轻素剪云端。[1]雪落在手心，瞬间融化，短暂而美丽。

1　出自宋代王琪的《望江南》

半晌，地面积雪已近十厘米深。“山上果然连下雪也厚道啊！”我说。大麓寺前悬着的那口古钟，兴许是太过老旧的缘故，平日里钟锤都是被绑住的，只在每年农历新年到来的那一刻，守山人才会将钟声敲响。山谷里回荡着悠远而肃穆的钟声，浑厚且古朴，像是来自苍穹的问候，有一种让人内心坚定的力量。

大麓寺钟远，菩提谷雪深。雪是山的另一个塑造者，它可以在短短一天内让周遭一切变成新的模样，红豆杉、玉兰、柳杉、蜡梅、针叶松……这些山里的植被一旦裹上了雪，便显得愈加可爱。每年的第一场雪后，九龄都会去爬窑头山，那是彻骨的寒冷，却也是极致的奇美。她说，对于北方的记忆终究是越来越淡了，而寒冷，可以帮她唤起。很难想象在南方居然可以见到雾凇，在初雪后的窑头山，满山的雾凇是她心中平行的北方。雪树忽闪忽现，所有叶子都穿了冰的衣裳，晶莹剔透。“我喜欢这座山。”

山下不知山上雪，九龄家的露台是观雪的宝地。绝顶环眺，目极数里，竹海凝冰，恍若瑶台琼圃。九龄从屋内取来手碟[1]，置于盘坐的腿上，以手掌和手指即兴敲击。手碟的音色神秘、空灵，有人曾把它比喻成“最接近宇宙的声音”，而眼前这白茫茫的山谷，皆是她演奏时的背景。

烹雪煮茶，是古代文人的极致雅事。明人高濂的《四时幽

1　手碟：一种新兴的打击乐器，由瑞士人菲力·霍那（Felix Rohner）和萨宾娜·谢雷（Sabina Schärer）于2000年所创。由两个半球形的钢模通过氮作用过程组合而成，形同UFO。

赏录》[1] 里专门有一篇《扫雪烹茶玩画》是这样说的："茶以雪烹，味更清冽，所为半天河水是也。不受尘垢，幽人啜此，足以破寒。" 山中有多处可供人喝茶的场地。下雪天和老白茶最是相配，不闻茶室的自在钩一挂，炭火生起，老宋取出上好的老白茶，抚慰冒雪翻山而来的宾客们。每间客房也备有茶具和本地径山的野山茶，窗外风雪飘飞，屋内温暖如春，岂不妙哉？

菩提夜雪又是另一番极上之美。暖黄色的路灯下，雪纷纷扬扬又下了起来，万物仿佛覆盖上一层细腻的奶油。大麓寺的第一朵蜡梅开了。

等风吹累，等雨下透，等夜漫长，等雪悄然，等你回家。

木心先生说："你再不来，我要下雪了。"

1 《四时幽赏录》：明高濂著，为作者长期逗留杭州写成之西湖一年四时境趣的实录。高濂（约1527—约1603），钱塘（今浙江杭州）人。

陶艺师的龙坞生活志

每日清晨，元枫都会开车送女儿去上学，7 点 58 分（早上 8 点开始营业）他已经准时坐在小辫子面馆买到了当天的第二碗面。早上，他习惯点一碗酱爆肉丝拌川，延续老杭州人的传统——“早餐一拌川，能顶一上午。”拌川实则就是拌面，杭州大概是唯一把水煮的潮面称作“川”的地方吧。一种说法是南宋的贵族们难忘河南豫菜汤“汆”的烹调法，以谐音来命名；也有说是江南的书生“以字定形”，用“川”字来形容面条筋道、根根分明的样子，地道的拌川配菜都应该切丝，其中尤以肉丝最为正宗。

小辫子号称“转塘面馆三绝”之首，村里人自家的房子就地生长出来的面馆，因老板扎着一只小辫子而得名。最初应该就是一家为周边村子的村民们提供吃食的面馆，结果有一天因为一篇报道突然火了，从那以后，每天都有为了吃一碗面赶上十几二十公里路的食客，甚至还有不少慕名而来的外地老饕。若是头一回找过来的，定会越走越怀疑——“这，怎么走去别人家里头了呢！”定睛一瞧，发现一块写着“小辫子面店”的牌匾，才敢笃定果真就是这里了。两口灶台同时开火烧面，一到饭点，店内乌泱泱全是人，在门口点完单，可自行找位子坐下。走进里屋，抬头只见门上挂着“禅茶一味”四个大字，后院连着屋子，面朝整片龙坞的茶田。外部的大自然环境是极好的，至于内部就餐的小环境，就显得简陋了点儿，可谓真正的“苍蝇面馆”。若是春秋两季，户外气温适宜，挪到露天位置倒是十分惬意。店内的玻璃窗上赫然贴着“本店无服务，一切靠喊！”的提示语，足见老板的自信与霸气，生意的火爆程度也可想而知。

元枫的工作室就在小辫子面店附近，他是店里的老顾客，跟老板也算熟络。小辫子秋季新出了梭子蟹拌川，每天限量十碗，近水楼台，他只要在饭点前打个电话过去，老板就会给预留一碗。每碗面有足足两只梭子蟹的量，真材实料。“但后来据说别人去吃就没有我的量足，可能……老板有特别关照吧！”元枫略带着一种在自个儿地盘的优越感，打趣道。吃完早餐，去工作室冲一壶咖啡，这是他一天工作的开始。

转塘的龙坞茶村地处西湖龙井茶保护区，有“万担茶乡”之称，距离杭州主城区不过十几公里，却宛如一个世外桃源，连绵起伏的茶山与钱塘江相望，包围着一个个小村落，龙坞人就幸福地生活在这茶田深处。上埭村即是龙坞周边十个村落之一，家家住着小别墅，面朝整片茶田，出世不出市，一派清新自然的茶村风光。从小辫子到元枫工作室所在的白桦林手作园，途经一个叫孵鸡湾的地方，关于孵鸡湾这个地名的由来无从考证，兴许古时候这村子里的人特别喜欢且擅长养鸡吧！自古以来，中国人就将鸡看作是“德禽”，又因“鸡”预示着“吉祥”，于是各地不乏以“鸡”来命名的地名，譬如杭州最为人所熟知的“鸡笼山”[1]。

对于究竟何时认识元枫的记忆我有点模糊了，大抵很早就互相加了微信，在本市的一些展览或市集上谋面过。印象中，他是个远离都市喧嚣、谙于陶器的手艺人，冲得一手好咖啡，满脸和气，逢人总是笑眯眯的。冬天时，他爱戴彩色的帽子，“马卡龙、莫兰迪式的中间色，我不喜欢”，他喜欢猛烈的红、纯粹的蓝，就好像迷恋儿时烤地瓜时的那团无可名状的火。

元枫说他还有一个双胞胎兄弟，虽然长相相同，风格却截然不同。“他可是潮男！”

“所以你在市集上见到的可能不是我哦，”他神秘地对我笑道，表情有点夸张，但又满脸真诚，“一个长得和我一模一样的人……哈哈哈。”

“我见过吗？”我突然蒙了，一阵慌乱。

“你一定见过，只是你自己也不知道。”他断言。

“据说双胞胎都是一阴一阳的，他是潮男的话，你就是暖男。”我说。

1　鸡笼山：地名，位于杭州龙井村北部一带，满目青绿，风景优美，分为里鸡笼山和外鸡笼山。

2018年，元枫在山里搭的柴窑因政府统一规划，不得不停止，于是他下山来了。经圈内朋友介绍，他找到了龙坞的白桦崊手作园，入驻时他是园区里第三家做陶的，现在据说已经有八家了，每家都有电窑，但即便都是做陶的，每家却风格迥异,各有各的特色。元枫跟六入的主理人阿良合建了一个柴窑，每逢开窑前都会举行盛大的仪式，热闹得像是过节，还要大开炉灶，请朋友们一起来大吃一顿。记得有一年跨年夜，适逢开窑日，我曾围观过那见证奇迹的现场。园区的人全都来了，窑炉被围得里三层外三层，时不时有人探出脑袋，往洞里瞄几眼，像是翘首期盼着佳肴出锅。柴烧的美妙在于像在开盲盒，你永远不知道开出来的是惊喜还是惊吓,玩的就是心跳。土、火、柴、窑交融造物，经过七天七夜的烈火烧炼，在表面产生了丰富的自然釉色，每一件都是独一无二，带着金属的光泽，就连釉裂都显得如此可爱。元枫的窑炉里藏着一个无穷尽的小宇宙，也是他的火焰小剧场，只见他从窑里掏出一个杯子，配上他招牌式的旁白，兴奋得像是在给孩子们表演魔法。“看看杯底是不是有个月亮？哦，也可能是个太阳！哈哈哈，是不是很神奇！”

白桦崊就是这样一个神奇的地方，甚至大部分本地人都不晓得杭州还有这般藏龙卧虎之地：手工艺人扎堆聚集，处事大都低调不张扬，不疾不徐专注于自己的领域，且自成一方小天地。初次上门探访时，我在元枫的工作室巧遇了白桦崊手作园的创始人柳纪科，大家都习惯称呼他为“园长”。出身佛像雕

美也是有用的，生活中不是只允许有用的东西存在，
于是开始关注审美对自身的重要性，
而不是纯粹纠结在一个东西有用或没用上面。

从左至右：大漆陶胎大象鼻子把杯、牛仔蓝釉精灵耳杯、大漆陶胎精灵耳杯

塑世家，从事雕塑行业二十余年，柳纪科的梦想却是搭建一座可以容纳本地手艺人和创作者的“乌托邦”。园区之所以取名“白桦林”，也寓意这里仿佛是一片可供众多鸟儿们聚集栖息的树林，由于注册时重名了，他便把“林”改成了“啉”。他将园区一分为二，前面是自己经营的雕塑公司的工厂，后面则分租给志趣相投的手作者们，其中大部分都是园长认识的朋友，只收取最基本的租金。他用雕塑厂赚来的钱维持着白桦啉的运转，就这样，这个园区用一半的商业养活另一半的理想和艺术。他说，这里的泥土、木头、金属，甚至空气都有着不同于别处的韵味。如今园区一共有三十多家工作室，以手工艺为主包括陶瓷、雕塑、皮具、家具、印刷……前几年因为疫情，不少年轻的海归艺术家陆续回国并入驻了园区，更是为这地方注入了活力。为了让我更彻底地感受白桦啉的艺术氛围，元枫带我一家家串门，几乎逛遍了整个园区。“很多创作者起初的主业都是搞雕塑，慢慢发展出了五花八门的副业，比如这家的主理人就跨界做起了服装。”他带我推门走进一家服装设计工作室，耐心地给我介绍道。“因为一半的场地属于雕塑厂，你可能会看到园区内有奇奇怪怪的东西哦……”他朝我笑笑，原来进大门左转看到的那一座偌大的老子石雕，就是他们口中的园区吉祥物——“天线宝宝”。此外，园区竟然还有一片菜地！“白桦啉里的人基本上都会做菜，我们这边是不是土了一点？”他突然反问。“不不不！你们这儿接地气多了！”白桦啉的园区氛围很好，园内都是彼此熟识的友邻，元枫坦言他们平日里也是这样互相串门，蹭吃蹭喝的，当然也少不了互帮互助。六入的阿良每天都喝威士忌，每天都会做饭，尤其对食器有着独特的日用之道；木工阿詹则以刀工见长，工作台前整齐摆放着的全套刀具，价值连城，他可以在几分钟内行云流水般削出一把木勺。听说有一次，阿良的妻子小恩喊大伙儿一起帮忙抢演唱会的门票，一桌人围坐着同时出的手，唯独阿詹的“金手指”一击即中，不愧是手快。园区内的各种跨界合作亦是进行得风生水起，比如楼下做陶艺的跟楼上做木工的，一杯咖啡的工夫就设计出了一款木托，可用于不同的手冲器皿……经过这一番摸底，我由衷地对白桦崊心生慨叹，与其说它是一个创业园区，倒更像是一个小型社区，人与人之间真实的信任和善意，构筑了一种有益的、有爱的公共生活的可能性，友好互惠的氛围会让人们愿意去经营邻里关系。我羡慕这种在如今的社会中极其缺失的线下社区生活，除了互联网上的智识同温层，我们的生活原来还有其他面向。

元枫是白桦崊的红人，邻居们眼中的“带头大哥”，听闻他的工作室每日访客不绝，堪称“出圈儿”。他索性把进门处的十几平米空间布置成一个小客厅，方便邻居和朋友们过来喝咖啡，中间的部分美其名曰“我的工位”，东西塞得满满当当，再往里头是烘豆间，一桶桶的生豆堆了半屋子高。“朋友络绎不绝地来，每次都会给大家冲一壶咖啡，消耗量实在太大了！”他感慨，“因为每年在咖啡豆上的花销巨大，于是就决定自己烘豆子，可以节省一点。”

后来才晓得，小和山的东信和创园里我曾最常光顾的那家面包店，初代的主人便是他的妻子小静。曾在交警指挥部工作过的妻子，开起面包店竟也得心应手。小店日常供应面包、咖啡以及水果等农副产品，很快就渐入佳境。起初，我误以为主人是五月天的歌迷，才以歌名《好好》拟作店名，一问才知，原来他们的女儿小名就叫好好，就把店名唤作了“面包好好”，是希望一切都能好好的吧。店里的面包都是由小静每日早晨亲手现做的，不放添加剂，做多少卖多少，通常还未到傍晚，面包就售空了。当然，园区的人享有特权，可以要求小静帮忙预留。十几个平米的小面包店，室内仅两张桌子的位置，前台连着后厨，甚至可以透过玻璃看到小静在里头揉面的样子。每天上午，小静会在园区的微信群里吆喝，今天出炉了哪些面包，或是又到货了什么优质水果……蔓越莓面包和抹茶麻薯是我工作日常备的下午茶干粮，我喜欢再配一杯拿铁，好好的拿铁价廉物美，一度成为我心目中整个城西最好喝的拿铁。也是后来才知道，店里用的咖啡豆都是丈夫元枫自己烘的，难怪好好的奶咖是一绝。面包和咖啡果真是夫妻！

推开工作室之门就像推开一个人的小世界，它不像正规公司那样规整和拘谨，却也不同于在家中那般无聊和放恣，它是一处介于日常和非日常之间的独立空间，里头的一桌一椅、一杯一壶处处都彰显着主人自己的职业与个性。元枫的工作室像极了一个陶器实验室，四周的置物架上摆满了各式的陶器，中间还会安插几件卡通玩偶，看似不经意却又像是有意摆放着的，也可能是给女儿平日里把玩用的。阳光透过架子的缝隙穿梭而过，陶器表面的纹理和质感在光线中显得成拙好看，如同可爱的小宠物们安静等候着投缘的领养人。他让我自行挑选架子上的器皿，并询问我喜欢的咖啡风味，日晒还是水洗、深烘或是浅烘。

“你平时会自己冲咖啡吗？”他问我。

“会。在工作室的话都会自己冲。”我回，“但是特别不讲究，也不称重。”

“那一会儿你自己来，你就随便冲。”

第一次上门的新朋友，元枫都会亲自冲一壶咖啡，若是熟人便让其自己动手，这是他这里的“规矩”。我选了一款黄色釉的咖啡器具，蹑手蹑脚地开始了我的“表演”……一壶冲罢，边喝边聊，一位职人从业经历，也在咖啡香中缓缓铺陈开来。

元枫从小就特别爱玩火。儿时家住浙大华家池校区附近，地属杭州的城乡接合部，那里有许多鱼塘和农田。长在城市边缘的孩子没有那么多条条框框，他经常和一群小伙伴结伴外出，

陶胎纯银彩咖啡烹煮壶

最喜欢去野外烤番薯，实则却并非为了烤番薯，而是为了“放火”。他说，盯着火焰看，会发现火焰真的很美。如今，他的工作室主攻烧陶和烘豆，对他而言，两者承载着共同的功能，那就是可以在成为大人的年纪之后，还能玩着小时候玩的东西。做陶就像是把想要的玩具做出来玩一下，并且可以根据不同的使用喜好不断调整细节和器型，使其越做越完善。在“玩”这件事上，元枫总是勇往直前。爱默生[1]在《论自然》中写到，实际上，很少有成年人能真正看到自然，多数人不会仔细地观察太阳，至多他们只是一掠而过，太阳会照亮成年人的眼睛，却会通过眼睛照进孩子的心灵。火焰对于元枫来说，便如同是太阳吧，值得尊敬的成年人一定是那种“直至成年依然童心未泯的人”。

直到上大学前，他在外文书店翻到了一本关于陶艺家的书，讲述的是法国乡村里一群自给自足的陶艺家的生活，他悄悄记下。循着年少时心里的那颗火种，元枫在报考大学时果断选择了陶艺专业，好像这样便能向书中他所向往的生活靠近一点。2007 年研究生毕业的他顺理成章留校任教，一教就是十一年。2018 年，他毅然放弃了高校的教书工作，搬回了城市的边缘，住在茶园边，每天烧瓷做咖啡，看起来带着理想主义者的不切实际，实则却是欣然重拾起自己的生活理想与造物哲学。他形

1　爱默生（Ralph Waldo Emerson，1803 — 1882），生于美国波士顿，美国散文家、诗人。代表作品《论自然》《美国学者》。

容自己是一个“刚入门的乡镇陶艺家”，和十九岁时在书里看到的人物那样。“一个人的精力有限，我恐怕只能一心一意做少一点的事情”，一方面无法同时兼顾学校的工作和个人的创作，另一方面他认为自由职业可以更多地陪伴家人。城市的过去在迅速地消亡，儿时生活的环境已然不复存在了，再过十年、二十年，会不会我们甚至没有办法跟下一代人去描述小时候见过的地方，它到底是怎样的？回到自然景观尚且还算丰沛的乡下，跟过去十年告别的同时，也开启新的人生阶段。

对陶瓷这件事，元枫当然是有野心的。在他看来，陶瓷在中国是相对小众的专业，相较于我们的邻国日本，他们的器物作家占有的比例显然更高，中国有十四亿人口，这个行业还需要更多人参与进去。“在我之前，我的学弟学妹们已经做出了这样的选择，他们也生活得挺好的。”跟妻子双双辞职创业，他倒显得很乐观，“我经常被人问，你们活得下去吗？但我始终觉得，只要你在一个行业做得足够专业，被选择的可能性就更大，那么，你就能活得挺好的。”

喜欢陶，也喜欢咖啡，于是用双手捏出了咖啡杯、滤杯以及咖啡壶等咖啡器具，元枫做的陶器自然朴实、精巧别致，他偏爱素雅、有火痕的东西，他把内心的童心和一股好奇心一点一点地捏进泥巴里，乐此不疲。至于对咖啡器的偏爱，则是由于自己平时喝咖啡比喝茶多，人会倾向于做自己熟悉的东西，因它融入了你的生活中。

元枫很早就开始喝咖啡，也很早开始自己在家里烘豆子。“烘豆和制陶一样，都是需要专注力的事情，你只有专注了才能享受,不然可能会觉得挺痛苦的。”他眉间微蹙了一下说,“烧陶很煎熬，柴窑通常需要烧三天，日夜轮守在窑前，持续观察温度的上下波动，掉温的时候会特别焦虑。一旦熟练了之后，人跟窑炉有了一定的磨合，就会逐渐适应像股票那样波动的曲线。烘豆则是从生豆投进机器降到回温点，再升温到点就出炉了，一般只需要八到十一分钟，整个过程保持全神贯注。烘豆时要尽量减少过程中的可变参数，因为人已经是最善变的因素了，所以不需要再多可变量了。”

头几年，他会从市面上琳琅满目的工业标品中选择功能和审美都能打动他的，买了越来越多之后，发现大同小异，很多只是更换了颜色和材质。从古至今，个人器具作家的作品中茶器具的数量不少，可咖啡器具却大都是工业化标准下的产品，缺少个性和温度，咖啡器的作者更是少之又少。但其实早期的土耳其咖啡也出现过全手工打的银壶，并不是没有先例，而市面上大都是玻璃器，陶瓷器寥寥无几。

“近几年人们渐渐发现，喝咖啡原来跟喝茶一样，也需要有一套道具。特别是在国内，大家喝茶的习惯跟喝咖啡有点相通，但和欧洲、美国又不太像，包括日本在内，他们的器具容量特别大，适合多人分享，但大多数时候只用到很小的一部分，并且携带也较为笨拙。我们自己喝的时候，往往需要比较少的分量，也可以说是一种入乡随俗吧，因此器物的体量也需要做一些改变。”于是，元枫做了一批适合独饮的器皿，早晨起来一个人冲一壶，量刚刚好，且小巧轻便，方便出门随身携带。“又比如中国人喝工夫茶使用的茶壶，早期明代的壶巨大无比，但如今的就小了很多。这个风气也传到了日本，日本器具作家立刻有了反馈，开始做得小一点了。风气的改变同人们的品饮习惯有关，还有一个原因是茶越来越贵了，大壶太奢侈，小壶的分享已经足够。”元枫停顿了一下，似乎又回到了大学教书先生的模样，“咖啡器具一方面和茶器具相通，另一方面也需要有情感的器具融入这个行业之中。越来越多的人投身于此，大家愿意去做有个人特色的咖啡器具，也乐于分享给更多的人。”

“比较有趣的是，咖啡具的行业还是很积极的，每年都会有新的设计师加入，研发新鲜的、好玩的器材，这有点儿像相机。”他知道我喜欢摄影，“我觉得这个行业有点像一个玩具世界，不断地可以体验新的玩具，这是咖啡很有魅力的地方。它的器材种类从虹吸壶到法压壶再到爱乐压壶……甚至有很多人在家里自己制作器材，这在十年前简直无法想象。我也做过一台烘豆机，纯热风的，特别有意思！现在越来越多的人在家里自己做烘豆机，做得可专业了，超级厉害！”元枫贪玩的本性又暴露无遗，而聊起自学烘豆的经历，他更是兴致勃勃。

起初，他用手网、陶罐或旋转的小型家用机器烘豆，后来妻子开了面包店需要大量的咖啡豆，他便开始使用大容量的机器。自学烘豆的过程，一方面通过网络资讯、专业的书籍；另一方面，上很多国际烘豆冠军亚军的课程，了解不同的烘豆思路和想法。

“我觉得咖啡豆真的是一种有平等心的食材，不同的豆子也只是拥有不同的风味而已。虽然有些豆子售价昂贵，烘的时候我可能会觉得有点紧张，但它其实也只是颗豆子啊。我经常跟别人讲，烘豆就是一项厨师的工作，原材料很关键，火候和时间的把控也会极大地影响结果，真正的实践比理论重要得多。之前有开西餐厅的朋友来工作室，大家聚在一起烤牛排，生一个炭炉，用炭火烤牛排，厚切四五厘米的那种爆汁的牛排，简直和烘豆太像了！烘焙程度从有植物气息的生豆开始，到三分熟、五分熟、七分熟……都需要控制住火候。再打个比方，如果用液化气烘豆，会发现液化气气压大小对增压喷头的火力影响挺大的，电力和直火的差别也很大，温差大一些，豆子的味觉层次会更丰富。这和烧陶很像，世间万物果然都是相通的啊！”

他继续补充道：“可见烘豆最大的难点并不在烘，而在于训练自己的感官。如果你没有好的感官，就根本不知道好坏，没有辨别好坏豆子的能力，也就无法去烘。所以，你要先会喝，然后才能通过杯测去校正。”

“就像厨师烧菜时总会先尝一小勺吗？”我类比道。

“对。如果尝不出菜的味道，怎么可能烧得一手好菜？”

“都说众口难调，是否真的存在所谓的‘绝对味觉’？”

“当然，就像‘绝对审美’一样。即便大家都不是专业的杯测师，但都会觉得某一款豆子好喝啊。”

“你个人喜欢喝怎样的风味？”

“我会分季节喝咖啡。冬天会喝深烘一点的豆子，比如曼特宁，夏天会喝巴拿马、埃塞，平日里喝中南美洲的豆子多一些，因为这两年中南美洲的处理法特别多，比如哥斯达黎加、哥伦比亚，我特别愿意尝试。之前喝到最惊艳的一次咖啡是在2017年展会上非洲小姐姐的展位，她们拿埃塞传统的长颈陶壶煮，完全没有依据参数和数据，煮得差不多了就倒出来，盛在印有埃塞国旗的小杯子里，看上去丑丑的，甚至会喝到细粉，但超级甜！我当场买了两包那款豆子，可等回家自己烘就没有那个味道了。所以，很多时候风味也取决于器材、心情以及当下的气氛，这真的有点像一期一会，过了可能就不会再有。”

可见，再严苛精确的标准化冲煮，都没有小姐姐拿陶壶煮的那杯咖啡好喝。即使全套数据地复制也存在着诸多变因，而唯有感官才是最可靠的。

“再给你做一杯奶咖吧！”元枫起身朝咖啡机踱去，“喜欢奶味重一点，还是咖啡味重一点？”

“咖啡味。”对于喜欢的口味我一贯来很笃定。没几分钟，他就端着一杯热腾腾的拿铁摆到了我面前。

“给你用的是我做的精灵耳杯。”他略带着骄傲的语气说，“这是一款专为喝拿铁设计的杯子，当然也可以喝手冲。”

“不同形状、材质的杯子对咖啡的出品或口感有影响吗？”

“严格来说，杯子对咖啡有一定影响。比如你做奶咖时要拉花，那么，圆底杯肯定比直底杯好拉得多，口径大的当然比口径小的好拉得多。在技术上，杯子和咖啡是互相限制的，但纯粹从味觉和愉悦感来说，纯属个人的自由选择。”

我小心翼翼抚摸着外侧杯壁，仔细端详起来。一个半圆形的咖啡色球体，和手掌的贴合度极佳，它的一侧有一只小柄，看上去像是动物的耳朵，手捏上去有粗糙的质感。较玻璃或其他材质而言，由泥土经高温烧制而成的陶器，给人感觉更温暖，拿在手里和喝上去的触感也会很不一样。

“它有很多使用方式。”元枫介绍说，“你可以捏住耳朵当杯柄，也可以穿过指间卡住它，天冷了还可以双手捧着喝。而清洗的时候，你还会发现耳朵底下竟然有两只小眼睛，好似藏着一个小精灵；如果将它扣过来看，又像是一只鸭嘴兽……这些细节都会是温暖的惊喜。”元枫通过一个杯子，留给了使用者自我发现的过程，充满了童趣和天真，这是使用作家器物的美妙之处，发现和等待它变化的过程，亦是非常棒的使用体验。

他随手拿起一旁的滤杯分析道：“我也会专门针对咖啡设计一些小巧思。比如，作为一只滤杯首先要考虑它的过滤性能。在咖啡的冲煮过程中，滤杯扮演了一个重要的角色——让咖啡通过，得到一定的萃取率。其次，滤纸的贴合度和流速以及保温性能也要考虑，当然还要让人拿着舒服。传统工业标品的滤杯会有一个把手，我大胆地把它去掉了，这样整套咖啡具的平衡感和雕塑感会更好。但在去掉的过程中，我又设计了一些小的耳朵，长出来一些边缘，方便拿取。此外，我还做了一些特殊处理：比如双层空心的陶杯，其实是拉了双层坯的，可以防烫；又比如一只中间是V形、外面是圆形的滤杯，拿起来也不会觉得烫……这些都是多年来的制作和使用经验累积所致，我管这叫'用技术支持你的创作'。希望我的器物也像一个人一样，有自己的表情和特性，是一个独立的个体。"

"喔！那拉花也是你自学的吗？"一杯奶咖若是拥有清晰流畅的拉花，在我心里是加分项。

"是啊，当你明白了事物的性质和背后的原理，就会很容易学习。诸如拉花到底是如何产生的？如何控制奶的比重？……但我只会拉基本款。"元枫微笑着说。

突然，我定睛一看，发现咖啡表面有黑色的粉末状固体。"怎么有黑胡椒？"我问。

"是我特意撒上去的，胡椒会增加嗅觉的感受，胡椒味的拿铁！你试试。"

"别看了，赶紧喝吧！趁新鲜喝口感才是最好的！"他催促我赶紧下嘴，"给你讲个故事。有人点了一杯拉花咖啡，放着拍了半天照片然后才喝，主人问他今天的咖啡如何，他竟然

陶胎银彩精灵耳杯

还抱怨咖啡不够好喝，其实是自己错过了最佳赏味期限！”

我豪迈地饮了一大口，胡椒味从鼻根通向舌尖，伴着醇厚的咖啡香，让人通体舒畅。作为见面礼，临走前元枫还将一只银彩耳朵杯赠予了我。

又一日，陪好友妍仔去元枫的工作室取先前预订的器皿。

元枫的作品在市场上很少出现，几乎订不着，每年，他只接受少数几场固定邀约的展览，完成额定数量的柴窑烧制。大部分器皿通过个展或联展进行现场售卖，如若预订则需长达两个月左右的漫长等待才能拿到，且是彼此认可信任的人。妍仔的那几只，是先前在元枫的朋友圈看到了新展预告，于是赶紧在开展前就早早订了的。

另外，元枫有一个“古怪”的脾气，他不爱做重复款。后来的客人拿到的可能会跟之前的款式不太一样，有时是做一些改进，又或者添加一些新的想法，客人若是能互相理解，方能达成较好的效果。

“到目前为止，我的东西都是独一无二的。之后也可能会有稳定的款式合作生产，一来还是希望做自己，通过器物来传递观念、想法；二来若有一款大家公认比较好的、但买不到的东西，那么可以适当做一些量产，让更多人购买得到，也能同时感受这样的快乐。”他说得轻描淡写，背后的坚守和妥协却只有自己才懂。

“那你会因为买家的意见而改变你的设计吗？”我问。

“不会。”他毫不犹豫，“因为我自己是第一个使用者，我应该比任何买家都更专业，我会以自身更多的体验来告诉他们应该如何去使用这个器物，以及这个器物正确的打开方式。就好像在一个工业标品的使用说明里，会详细列出冲煮参数、注意事项等，我就是他们的‘使用说明书’。作为一个制作者，首先是一个体验者，让客人觉得这种体验是一件值得尝试的事情，他们才会愿意参与其中。”这让我心生钦佩，我越来越觉得，一个自得其乐、远离尘嚣、忠诚于自我经验的人，是很有魅力的。

就这样，通过展览元枫认识了一些气味相投的客人，物以类聚、人以群分，彼此互相吸引，先有了信任才会有购买，两个字总结就是对路。他常跟客人开玩笑说，如果把他做的东西摆在一个火车站或者飞机场，那里 99.99% 的人是不会买的。购买作家器本身就是一件特别小众的事情，进入一个圈子，大家聚集到一起，无论是作家还是买家，共同成为一个群落，互相欣赏和持续地创作并购买。群落里的人会再推荐分享给更多的人，以至于更多的人可能会加入进来……以此类推。“比如妍仔就是忠实买家之一啊。”

进了工作室，三人围坐一桌，妍仔迫不及待分享起自己的购买经历。“元枫的作品是我想把它放在家里日常去使用的，而不是收藏在柜子里或小心翼翼看着的。我下定决心买的第一件作品是一只炉子和一个茶壶，元枫会告诉我第一次该如何去使用，这是购买体验的加分点，我特别喜欢在杭州的冬天拿那个茶壶在家中煮茶。因为我肯定不会去用一个电热壶，哪怕只是煮一壶茶。”

妍仔是一位很棒的买家和使用者。有时，购买者回家使用之后也会有一些有趣的发现，他们会反馈给元枫，有些当然是他所知道的，但也可能出现一个他意想不到的新发现。“看吧，使用和购买之间的互动还是很积极的啊！”元枫说。

妍仔在大井巷的店里有一项特殊的体验服务，客人可以挑选自己喜欢的杯子，拿着它去喝一杯喜欢的咖啡，这是一个愉悦的过程。在元枫看来，随着国内经济的快速发展，人们开始买一些非标的作家款器物，大多数时候都是从一个杯子开始入手的。虽然标品往往可以用参数去完成一套指定的冲煮，但杯子是个例外，只要保证味觉干净，样子和图案是自己所喜欢的，拿着开心就好了。因此，杯子是一个更开放、更入门的作家器物采购的窗口，由一个杯子开始买更多的器物，从咖啡具、花器甚至到装置等看似无用的东西。越来越多的买家开始意识到，美也是有用的，生活中不是只允许有用的东西存在，于是开始关注审美对自身的重要性，而不是纯粹纠结在一个东西有用或没用上面。这些年，从器物的购买和使用习惯，折射出的是当代人开始关注内心，开始爱自己，而不是只爱周围人的眼光，这是社会进步的表现。

“器物会增加使用的愉悦感，但并不是每个人都能感知得

峡谷手冲杯“缓坡”

牛仔蓝釉精灵耳杯

到，这与教育程度无关，审美是天生的。”元枫若有所思地说，“比如，白桦line手作园门口的看门大爷，经常会来我这里喝一杯咖啡啊！”三人都笑了。

早在开店之初，妍仔就见过不少知名器物作家的杰作，但大都是国外作者，因此较难去实地接触到。这一契机让她慢慢开始了解到，原来我们国内也有很多人做着同样的事情，并且他们的作品也一样优秀。

“如果把他们的东西放在同一个空间内，没有特别去标注的话，并不会让人觉得：这是日本的作家器，所以它就更贵更好，而另一件是国内的年轻作家，做得就相对没那么好。”作为器物店的主理人，妍仔有着自己独到的选品眼光，“我会首选适合日用的款式，而不是让人觉得华而不实的东西；同时，希望看到的作品是包含了作家的想法的，更具自己的风格个性；此外，专业性也很重要，比如对于材料、器型或使用细节上的考量，或是跟我们的店铺在审美上的契合度。大概满足这些条件的作品，我都会很愿意去介绍给我们的客群和朋友们。”

最近的两三年里，妍仔会定期去江西景德镇，寻访一些新鲜的、还未被市场发现的器物作者。再后来，她的寻访发展到了杭州本地，元枫算是一位。帮器物作者去介绍和推广他们作品的同时，彼此也成了朋友，妍仔说这是一件让她特别有成就感的事情。然而令她最困扰的却是，总有人将作者在制作过程中留下的痕迹，误认为是瑕疵。作家器因其原创性，且大都纯手作或限量定制的特性，价格会较普通的工业标品高出不少，售卖过程并不容易。器物店或艺廊作为连接作家和买家的中间渠道，很大程度上起到了关键性的桥梁作用。试图去理解一件器物，就像更深刻地去理解一个人。

“的确，你要用区别于工业标品的心情来对待这件事，但这种‘心情’是需要引导和培养的。”元枫感同身受，“我看你们俩平日里都在写毛笔字，做陶和写字挺像的。书法不是只有正楷是好的样子，还有很多种字体，你可以用很多种方式去表达情绪，而不是只有一种。我在做杯子的时候是不修坯的，拉完就保留它原来的样子，但在拉坯[1]的过程中会借助诸如竹子等工具，保留工具的质感，以及拉坯机旋转的速度的感觉。譬如，我先拉一个直筒，再用相对比较粗糙的工具往上推，会产生毛糙的质感，有点儿像土地裂开的样子，这是作者技术上的表达，并不是瑕疵。甚至我在最后割线时还会打一个结，形成一个旋转的痕迹，那也是我个人的标志。这时候，就需要艺廊或售卖者告诉客人，这其实是作者情绪和技术的表达，是自己独特的想法。”

经他一番点拨，我好像也开窍了。“平时常见的那些标准器，把手的釉面衔接得干净整齐，就连上下粗细都一样，一看就是一个模子刻出来的；但再看作家器，大都保留手按压的痕迹，

1　拉坯：制作陶瓷的七十二道工序之一，是成型的最初阶段，也是器物的雏形制作。它是将制备好的泥料放在坯车上，用轮制成型方法制成具有一定形状和尺寸的坯件。

可以感受作者是如何用手按上去并将其抚平，甚至可以判断制作时的熟练程度……从而推断他的性格。”我跟着分析起来。

“从这点来说，你是在体验另一个人的人生。有点像福尔摩斯探案，由一个线索找到了很多线索，了解并复原做这个东西时人物的心情和状态。”

这正是作家器有魅力的地方，让使用者可以去还原、想象。你是怎样的人，你的陶作就是怎样的风格。“所谓字如其人，器也如其人！”生活中需要更多敏锐的眼睛和细腻的心，来发现这些！

“来，这只是送给你的。”元枫拿出了另一只银彩耳朵杯，递给妍仔，“上回也给了小暖一只。”

“我正想着要问你，这刷银的杯子有什么讲究吗？”我问。

只见他抿嘴一笑，一副揭晓谜底般的自信溢在脸上。“刷银和刷金这样的工艺在工业标品里是很难去做的，因为要考虑成本和烧制后的数量。但我觉得金银还是挺有趣的，金属和陶瓷融合在一起有两点不同：其一是它的味觉体验会有点差别，银杯子喝起来会有一些金属的凉感，杯子里会形成一个聚光的影棚效果，当你倒咖啡或茶进去时会特别闪亮。金杯就更加了，会在视觉上达到一个小小的震撼效果；另外一点，银是会跟着时间氧化的，在你的生活过程中，你会看到它和你一起慢慢变老……”

“这个说法也太浪漫了吧。”

“当然你如果一直保持使用的话，它会维持在一种不是那么闪，但又不发黑、很成拙的状态，很像你们女生保养首饰。哈哈哈。”

我这才发觉，初相识时看似腼腆缄默的元枫，一旦熟络起来，每每聊到感兴趣的话题，总是人堆里最爱聊的那个。

元枫的生活片区均在以白桦崃为圆心的半径周围，住在转塘的大学家属楼，有操场、茶山、种满植物和听得见鸟鸣的院子，有叫得出名字的邻居们……“一切都好像小时候。”他从家到工作室驱车仅十五分钟，上午十点到工作室，下午干杂活，傍晚准点接孩子回家，烧菜做饭，晚饭后他会再回到工作室，因为“晚上工作效率高”。他的大部分工作时间都在深夜，万籁俱寂，无人干扰。周末，他会带着女儿去游山玩水。

白桦崃手作园的周边有一个秘境水库，名叫龙尾巴山塘水库，位于长埭村的上游，人迹罕至。水库始建年代不详，据当地人说，这是村子里的灌溉水源和蓄水池，近些年竟还成了龙坞村民们的秘密度假基地。后来的某一天，在元枫工作室喝完咖啡，乘着晚霞，他主动提议带我去水库瞧瞧，我早已耳闻那地方风景独好，终于如愿以偿了。水库三面环山，天晴时，蓝得像琉璃；天阴时，深邃如大海；下雨天，水汽蒸腾，更添一分缥缈仙气。水库边的风也极好，站在堤坝前，山风徐来，水波不兴。水库一侧原本建了木头栈道，但年久失修，已无法通行了。栈道的尽头独留了一座略显破旧的小亭子，茕茕孑立，却有一种遗世独立的清冷气质。去的那一日竟然还偶遇了龙尾巴山塘水库的晚霞，大朵大朵的火烧云是记忆中只在年少时的暑假才会出现的画面，孩子们乐坏了，在坝前的草坪上欢呼雀跃，夏日就是应该像少年一样奔跑，大口吸云吧。目送着太阳从山谷背后缓缓落下，露出一道金边。我们看到了夕阳之美，哥白尼看到了世界在旋转。

天朗气清的周末，元枫还会约上白桦林的朋友们去水库露营野餐，喝个野茶，冲壶咖啡，几组家庭一起搭个帐篷。平日的傍晚，吃完晚饭，他也常来这儿散步乘凉。他在水库旁的一棵大树下,给女儿好好亲手做了一只秋千。“这是好好的秋千,”他充满宠溺地指着秋千说，“这片山坡上还可以滑草，好好最爱玩了！”原来，这里还是他们的天然游乐场。对于生活在钢筋水泥包裹的城里的孩子们来说，该有多么羡慕啊!

目送着太阳从山谷背后缓缓落下，露出一道金边。
我们看到了夕阳之美，哥白尼看到了世界在旋转。

梵籟流觴

苔院寻幽记

这是我第二次跟着植觉先生去永福寺。

距离先生为永福寺打造苔院，已两年有余。临近旧年的年底，听闻院落内有几处新修葺的石罅需要补苔，我便主动请缨，恳求先生再次带我一同前往。

绕开香客们惯常步行出入的山门，挨着寺院的黄墙，坡路陡然攀升，我们驱车直达寺庙后门，是仅限内部人员通行的近道。这一带，先生早已轻车熟路，就连看门的大爷一见他的车牌也会自动放行，习以为常地寒暄一句："植觉先生又来了啊！"

"嗯，年底了，做点修补。"先生回。

我跟在先生身后，穿过弯弯曲曲的石板路，从林间的一道小门进入，那是月真法师在永福寺的隐居之地。这一次的任务，是给禅房影音室内一面裸露的岩石点缀些苔藓。径直走向房间的尽头，一块巨大的山体沿墙角延伸开来，靠近了细看，表面留有工人手工打凿过的痕迹，自然生成的石罅长短深浅不一。环顾四周，先生随即打开带来的箩筐，青翠的苔藓一块块乖巧排列着，好像绿色的毛绒地毯。只见他随意捡了一块，利索地爬上岩石，看准一处石罅，果断将手中的苔藓覆盖上去，然后沿着石罅的边缘轻轻按压，像是在给石头做按摩，又似在修补容器上的缺口。那苔藓瞬间生了根似的，如从缝里生长出来的一般，岩石也灵动了起来，仿佛变成了一件活物！接着，他又盯上了几处石罅，继续用苔藓掩于其间，时而撕开，时而拼补，引得站在一旁的工人们目瞪口呆。就这样，那些零碎的苔藓被巧妙地置于岩石之中，看似并无章法规则，却独有一种倔强精巧的性灵之美，远远望去，如同镶嵌在石头上的绿色琉璃球。先生跳下岩石，退了几步，观看着整体效果，若有所思，像在欣赏自己创作的一件工艺品。

“这么快就解决了！”一位体态微胖、戴着眼镜的僧人，迈着稳健的步子迎了进来，正是永福寺的月真法师。

“我给你带了这玩意儿。”先生握着仅剩不多的几块道，“这室内没有土和自然光，我就弄了些干苔藓。”

“不用浇水？”月真法师问。

“不需要，这不是活的。这东西其实跟干花一个原理，装饰空间再合适不过了。”

“类似于……植物的干尸？”我打了一个奇怪的比喻，引得在场的人都乐了。

“嗯……差不多就是这个意思吧。”先生并未反驳，“做了特殊处理，可以保持很久。”

“不把石头上的缝隙全铺满吗？”我追问。

“过犹不及。”先生说，“苔藓不是主角，只是点缀，随时可变，若是哪天不想要了，摘掉便好。”

记挂着梵赖堂里的苔院，想再去看一看，我便又跟了过去。绕过讲法堂，掀起竹帘，落在眼底的是由布满长势喜人的青苔的小土包绵延环绕的幽静小院。虽是冬天，绿意犹在。苔院，即铺满青苔的院落，在古代的中国其实很常见，唐诗里就有“雨后碧苔院，霜来红叶楼”[1]。苔藓的生长环境较为苛刻，空气、水源、土壤都不能受到污染，于是，一些寺庙会特地养苔藓，甚至是造苔院，只为彰显寺庙是洁净、出尘的地方。众生如苔，置身在苔院之中，会有一种自我观照的力量。难怪有佛人曾说：苔藓，是一座寺庙的禅。

冬日的苔院是有骨气的，不遮掩，藏静气。“还是会有杂草。”月真法师低头，俯身去拔地上冒出的几根杂草，“我看到了，就顺手拔了。平时寺里的义工也会定期来除杂草。”自从在永福寺内造了苔院，先生便会定期过来，做些日常维护。此外，寺中还有多处景观，也皆出自他之手。

事毕，月真法师邀我们去他的茶室喝茶。常年隐居于永福寺最高处的一隅，林深树密，烟霞氤氲。他的茶室与书房相连，置榻而坐，推开窗即可望见“三面云山一面城”的胜景。早前就听植觉先生提起，月真写得一手精妙绝伦的书法，令人向往，慕名来求墨宝的人不计其数。书家好佛，佛家好书，佛法传承

1 出自唐代诗人韩偓《效崔国辅体》。

永福寺文景阁

的一大方式便是书法，对于出家人来说，抄经是他们的日常功课。“我们写字、抄经，是让心静下来，更能够真诚地感悟到佛法其实就在身边。我觉得，这就是修行。”他沏着茶，笑说，“写字啊，就跟喝茶一样，都是生活。”月真法师一直都是习墨之人，尤其擅长水墨和书法，他的字吸纳了众家之长，对他影响最大的是王羲之，此外还有杨凝式、柯九思。“临帖犹如佛教的戒律，你得从技法上去契合它，然后才能有发挥的空间。”月真只写自己心中喜欢的字句，并以一种轻松的感觉去完成，譬如他会在夏天的扇子上打趣写一句“还是空调好”。在他的作品中，能看到王羲之的逸，颜真卿的势，赵孟頫的秀，有隶书的庄重端雅，也有魏碑之倔强。他还曾多次赴海外做展，借由书法，重新连接起佛教交流的传统。早在唐朝，鉴真东渡，将王羲之的书法带到了日本；四百年前，在“反清复明”的思潮下，又有一大批中国高僧东渡日本，把煎茶道、琴道、篆刻带到了那里，也在日本留下了大量的书法绘画，掀起了日本江户时期最后一次“中国热”。近十年来，月真法师一直致力于收集当年那批东渡高僧留在日本的墨宝，回归于中国的寺庙，永福寺的文景阁内就曾公开展出过。恰巧，先生想起受人之托来讨几个字，月真爽快起身，走到书案前挥笔泼墨，我站在一旁低头端详那字迹，笔力坚定，但毫不跋扈，只觉得一笔一画间有一种无拘无束的随意和舒展。回到茶席间，月真继续心平气和地聊起生活中的琐事，谈论对于当下时事热点的看法，不时，有猫咪于席前自由来去。我原以为这般高僧定是威严孤傲的，不承想他竟如此亲切随和，既能鞭辟入里，又能云淡风轻。临走前，月真法师还赠予我一本册子，是他的书法作品集。

杭州多寺庙。李叔同[1]写《我在西湖出家的经过》时，头一句便是："杭州这个地方，实堪称为佛地，因为那边寺庙之多，约有两千余所，可想见杭州佛法之盛了。"这数字虽已无从考证，但足以说明杭州与佛法的渊源。郁达夫也曾调侃道："杭州西湖的周围，第一多若是蚊子的话，那第二多当然可以说是寺院里的和尚尼姑等世外之人了……"[2]早在五代十国的吴越时，杭州就有"东南佛国"之誉。后宋室南渡，佛事更盛，杭城内外遍布湖山之间的寺庙佛刹竟多达四百八十所。据《武林梵志》[3]载，杭州佛教寺庙，南宋极盛，至元代减了一半，到明代则只剩十之二三了。至今，杭州的各个角落依旧伫立着许多香火兴盛的庙宇，最为游人津津乐道的当属灵隐寺。从灵隐寺南边一路沿天竺溪而上，依次是下天竺、中天竺和上天竺的三座古寺，本地人最常出没的则是上天竺的法喜寺。先生和我都非常喜欢这段路。从灵隐合涧桥旁循路而进，徜徉天竺路，最诱人的是

1 李叔同（1880—1942），中国艺术教育家、书画家、戏剧活动家，是中国话剧的开拓者之一。1918年出家于杭州虎跑寺，同年受戒于灵隐寺，法名演音，号弘一，晚号晚晴老人，后被人尊称为"弘一法师"。

2 出自郁达夫的《玉皇山》，收录于《郁达夫散文集》。

3 《武林梵志》：吴之鲸撰，杭州出版社，2006年4月。

周遭的秀色山峦，蔚然草木，淙淙曲涧，极富山林野趣，一年四季，久望不厌。后来我去日本京都旅行，觉得跟杭州的天竺路一带太像了，尤其遇上雨天，空气新鲜，山林青翠，天地何等静好。

不过，在杭州的众多寺庙之中，先生偏爱的却是那藏在石笋峰下、灵隐寺深处的永福禅寺，它有一个名号，叫“钱塘第一福地”。这也是先生愿意为其打造苔院的原因，他只给喜欢的场地养苔造园。永福寺依山而建，山即是寺，寺即是山，山与寺浑然一体，聚仙气、显佛光。即使从一个至高处远眺，也只能看见寺庙的些许黄墙黑瓦，于群山环抱之中若隐若现，如同一位结茅而居的隐士高僧。据清康熙年间《杭州府志》卷三十二《寺观》记载，永福寺自东晋慧理禅师开山至今，已有1600多年历史，南宋时是皇家的内庭功德院，但清末后逐渐被废弃，直到2003年由月真法师主持重建。过去，拜佛的人只为灵隐寺而来，鲜少有人知晓里面还有一个永福寺，直到“杭州一家寺庙开卖咖啡”的新闻刷遍网络，沉寂多年的永福寺终于“出圈”了！

犹记得先生初次带我去永福寺时的情景。那是冬至后一日，杭州虽已入冬却还留有深秋的余韵。山中的古树黄得更有层次了，脚踩在地上，落叶与鞋底触碰发出沙沙的声响，仿佛是梳子在心头摩挲。一踏入寺庙，便顿觉神清气爽，内心好似一下子平静了许多。永福寺没有采用传统寺庙的中轴建制，而是呈现出一种充满禅意的不对称式，几座殿堂庙宇层次不一散落山间，殿堂与殿堂之间，以迂回曲折的山间石阶连通，更像是一座优美清雅的古典园林。

走进永福寺需跨越三重山门。头山门是进入永福寺的第一重山门，牌匾上“梵天佛地”四个大字，将人领入佛门清净之地。走进头山门，左边是一排排的石灯，右边则是一丛丛桂花树，每到秋天，桂花的清香与檀香氤氲升起，引得香客驻足流连。再往前直走，第二重山门即在眼前，正面是清帝乾隆御笔“福田花雨[1]”额，背面门额则是张即之先生题写的“不二法门”。穿过雨花亭，过一座石拱桥，便是第三重山门，匾额“永福禅寺”终于得见，出自“楷体四大家”之一赵孟頫的字迹。山门两侧供奉着哼哈二将[2]，手持金刚杵，威风凛凛，担任守护佛地的任务。再看山门背面，“钱塘第一福地”——正是当代书法大家沈定庵的字迹。站在山门内，向外望，正好可以看见两棵已转成黄叶的枫香，静美无比。之后的夏天，我独自一人又来看过，门框外满目青翠，那是另一番景象。

永福寺内多野猫。它们从容地蹲守于山门前后、树下花丛间，丝毫不畏惧人，看万千香客来来去去，心中自有定力。路边立着木牌，温馨提醒：莫信野猫装可爱，撸猫概率受伤害。

1　福田花雨：为佛教语。福田，佛教以供养布施，行善修德，能收福报。如播种田亩，有秋收之利，故称。花雨：诸天为赞叹佛说法之功德而散花如雨，是赞颂高僧颂扬佛法之词。

2　哼哈二将：佛教指守护庙门的两个神，形象威武凶恶。

走进第三重门后，一堵青石碧照矗立在面前，左侧是一处名为“沐手清心”的洗手亭，供香客们在参拜前洗手漱口，许是借鉴了日本寺庙神社的参拜礼仪。突然，先生指着右侧的一排铺子对我说：“你看，那里就是卖咖啡的地方！”寺庙里的咖啡角，取了一个颇具禅意的名字“慈杯”。我笑说，居然还玩起了谐音梗！走近一看，竟然连咖啡的名字也换了更有意境的说法：涤烦（美式）、停雪（拿铁）、禅初（生椰拿铁）、墨白（焦糖玛奇朵）、听山语（抹茶拿铁）、观自在（燕麦拿铁）……还有一款叫“随缘”的咖啡盲盒。我心想，这寺院的住持还挺会赶潮流，实在是有趣。我俩各点了一杯咖啡，又去隔壁的祈福御守专供处溜达，绣上了佛语禅话的御守、福袋等法物琳琅满目，都是经寺院法师祈祷开光过的。先生说，其实他更常光顾的是左手边的素面馆。兼顾本地人的口味，清爽的小麦面加上自选的浇头，看起来就很有食欲的样子，会用“不看僧面看佛面”来宣传自己的素面馆，永福寺的创意又一次给了我惊喜。

继续拾级而上，一路山林鸟鸣和淙淙溪声萦绕耳畔。寺庙建在山中，得以占地广大，院阔庭深；寺内有茶园，僧人们自己种茶、采茶、制茶。福泉茶院就在整个永福寺的尽头处，一窗一栏一座，皆设计巧致，同寺庙的建筑一样均为榫卯结构，伴着窗外泠泠山泉和苍翠古树，雅致至极。“到寺庙里吃茶去”是杭州茶文化的魅力所在，据记载，杭州最早植茶的地方就是寺院，从宋代到明清，许多文人士大夫都常去寺庙中喝茶，和

浸淫在宁谧氛围之中，我的心头突然涌上一股无可名状的隐隐伤感，

原来，面对庭园也是需要勇气的，

所谓明心见性，自然是面镜子，观看的同时也反思自己。

寺庙高僧也都是朋友，或许这便是所谓的“禅茶一味”吧。

永福寺内风景最胜的地方，当数大雄宝殿前可望见西湖的亭台。一面是端庄大气的殿堂，一面是银白似镜的西湖，此处还立了一台望远镜，可眺望西湖上的水光和船只。既赏美景，又闻禅音，确实是问佛清修的一个福地所在。

半山腰的梵赖堂是永福寺的讲法堂，内外各有一片地方是先生为其设计的苔景，而苔院就位于梵赖堂的后院。

齐整的竹篱从院落两侧围起，碎石铺满一地，苔藓依附于或高或低的土堆之上，葱茏可爱。院子背靠山体，融于山林之中，山色如列画屏，云影时而飘忽，渗透出幽深之感。这一次，苔是绝对的主角，它们是如此好看。只见眼前朦胧渐起，水雾从地表各处喷洒而出，不一会儿就将整个院子笼罩，原来是先生打开了自动灌溉装置。苔藓像被施了魔法，如绿玉石一般，润得每一块都能掐出丰盈的水来。方才阴着的天空，忽然钻出了太阳，阳光透过树林的缝隙照射到院子里。苔的颜色由黄绿变为翠绿，因光影的变化而产生明暗的对比，不同种类的苔更是呈现出不同层次和光泽的绿，深绿、青绿、明绿、嫩绿……弯下身子，凑近了看，它们又是一朵朵独立的，像绿色的小花。袁枚说：苔花如米小，也学牡丹开。[1] 那竟然是真的啊！

1　出自袁枚《苔》：“白日不到处，青春恰自来。苔花如米小，也学牡丹开。”

起初，月真法师想在后院做一间茶室，先生过来一看，到处杂草丛生，他心想，索性做一个干干净净的苔院。苔藓本是时间之物，是岁月的痕迹，非历时长久，不能蔓延。想起李白的《长干行》里有云“苔深不能扫”，丈夫离开后，妻子很想念他，连丈夫走过的地面都不舍得打扫，因此竟长出了苔。先生跟我说，苔是一种记忆。永福寺在半山腰上，土壤运输极为困难，除了一些特殊的土壤需从寺外靠人工搬运进来，其他大部分都是就地取材。这个院子有趣的地方在于，虽说是一个纯粹的苔院，除了苔藓之外看似再无其他，先生却使用了约莫十多个品种的苔藓，除了永福寺周边山上现有的品种，还增加了一些其他地域区块的种类。微不足道的苔，亦有千姿百态。整个苔院上方没有任何遮挡物，几乎完全处于露天和暴晒的状态。先生说，苔藓喜欢阴湿的环境，尽管暴晒对于苔藓的生长并不利，但既然它们在大自然里能生存下来，他便没有去做过多的干预。这片苔院在春、秋、冬三季会呈现出青绿、翠绿的色泽，在夏天或特别干燥的秋初，则会发黄。这正是我想要的效果，它能更加自然，而不是用很多的遮挡物，让它永远保持在一种翠绿的状态。苔藓低矮，贴地而生，并不利于观赏。先生考虑到人坐下来观看的视角，以及从屋内半遮帘的状态向外看，遂将院内的土壤堆成如同一座座小山包，再以苔藓厚铺。整个造院的过程，由先生跟寺庙的义工们共同完成，土壤的堆砌、造型和基础的搭建都由庙里的义工们来解决，先生负责苔藓的铺设、细节的调整，还有自动灌溉系统的设置。

我们并肩静坐于苔院前。先生着一身藏青袍子，利落的平头，架着金属细框眼镜，简直就是一个出家人的模样，跟这院子浑然统一。禅僧用庭园表现内心，简单质朴的庭园会略带寒意和寂静。浸淫在宁谧氛围之中，我的心头突然涌上一股无可名状的隐隐伤感，原来，面对庭园也是需要勇气的，所谓明心见性，自然是面镜子，观看的同时也反思自己。我抬头，指着山体上那棵探进院子的树，问先生那是什么，他说是一棵原先就存在着的垂樱。若是春天樱花开，微风至，花瓣飘落在院中的苔藓之上，定会更美。当时就想，我要等那棵花树开花的时候再来看。可是，杭州的春天终究还是太短暂了，短暂到我总是错过……小小的苔院如同一位静默的僧人，从春到夏，再从秋到冬，守护着永福寺。

先生在杭州以玩苔出名，一个植物狂魔，养苔弄藓的手艺人。他在西郊的外桐坞造了一个名叫“植觉”的院子，故被人尊称为“植觉先生”。十三岁就离开了家，十五岁时在花店做工，给人送货，勤练插花。鲜花虽美，但却无根，无根便无形，他开始寻找各种有根的植物，还在郊区租了块地，搭棚种植。一次爬山，他被生长于斑驳石块上的苔藓所吸引，越看越痴迷，便挖了些带回家，养在盆中。自那以后，他便开始养苔藓，无师自通，人都说他得自天授。苔本是繁殖于地面的微小植物，只要位置低湿，就可生长于荫蔽处，不种自衍，竟也可以是养出来的！可先生说，苔藓没有几个是完全喜阴的，基本上都需要有光照。他认为园林艺术中的绿意，除了草木之外，青苔是重要的构成要素。它们默默无闻于天地间，毫不起眼，却有着极强的生命力和覆盖力。“苔藓的状态就属于，反正我也不跟你们争，不跟你们抢，但是我活得比你们久。”他说，“其实，人本也不该有太多欲望。”他用苔藓和蕨类等植物制作的苔景，在市面上颇受欢迎，后来甚至给人造园，但在所有的景物里，先生最喜欢的还是底下的苔，在他看来，如果没有了青苔，那些造的景将减色不少。他一直在研究、制作，怎样把苔最美的状态展现出来。

在二十平米的院子里，他种了上百种植物。从地面生发，沿着篱笆架，爬上屋顶，钻进屋内……利用一切可用的空间，让植物肆意生长。院子的墙角周边种植了爬山虎、油麻、凌霄、木香、迎春、金银花、紫藤、月季、蔷薇等，它们的花期一个挨着一个，因此上半年院中都有花次第开放。屋顶布了些草本，佛甲草、万年草、玛格丽特等，院内还养了五十余种苔、几十种蕨和十多种菖蒲，俨然一座小型的植物园，让人叹为观止！与先生初识时，觉得他是个怪人。每年春末，他便开始赤脚行走，直至晚秋。从小在山里长大，他总说光脚踩地才是和土地连接的方式，那时候几个朋友见面聚会，他总赤着脚走来，也不在意别人的眼光。

有一阵子，我也颇着迷于苔。在京都旅行时，发现文具店里有一款墨水，名“苔色”，毫不犹豫买了下来。我总觉得，这颜色是代表杭州的。杭州三面环山、一面临海，故终年潮湿多雨，适于苔的生长繁殖，尤其山麓之区，青苔密生，最为可观。杭州观苔的地方很多，尽可能往水雾深的地方去，“坐看苍苔色，欲上人衣来”[1]，只是石头缝、溪水边、大树下的苔藓虽美，却只可微观，没有成势的震撼。后来听说日本京都有一座以养苔出名的寺庙叫“西芳寺”，内有百余种各色苔藓，故又名“苔寺”，是日本现存最古老的庭园之一。若想前往参观，须以书信申请，一天只限定五十人入寺，只因人气旺了的话，苔就长不出来了。我托了日本当地的朋友，提前两个月写了信去，才预约上。

入寺前还有一项特殊的规矩，先要抄写一遍心经，才可入内。看到“抄经”这两个字，难免令人心生畏怯——笔墨纸砚、挺身跪坐、工整楷书、艰涩经文，凡此种种，都与现代城市人的生活相去甚远。这像是一场考验，想要一睹百年苔藓的芳泽，必先付出诚意和专注力。但在京都的寺庙，你或许可以怀着平常心看待“抄经”这件事，没有强加的宗教规范，亦没有太多的严苛限制，更多的是一种仪式感。铺着红地毯的寺庙大堂，整齐摆放着几十张木头小桌，参观者依次入席，跪坐或盘坐皆自由，桌上摆着完备的文房四宝。这时，即便再人高马大，也

1　出自唐代诗人王维《书事》：“轻阴阁小雨，深院昼慵开。坐看苍苔色，欲上人衣来。”

得蜷缩起身躯，伏案执笔。只专注于手中之笔时，内心是笃定的。在这般独有的庄严肃静中，我并不知晓周遭人心中到底思索着什么，但起码一横一竖之间，可放下烦乱的思绪，借由抄经，短暂照见自己的内心。正点一到，寺方住持开始庄重诵经，间歇会伴以钟声，在座的人们也一同跟着诵读。

抄经结束，在许愿牌上写上祝福，起身跟随人群开始观赏庭园。除上段的枯山水外，庭园其余皆为池泉洄游式，据同行的日本友人说，春夏秋冬各有细美之处，尤当雨后初晴，景致最堪欣赏。被雨水洗过的苔更显翠绿，露水在光线照射下闪亮欲滴。我去的时候正是深冬，但一踏进庭园，所有对冬天萧条颓败的印象瞬间一扫而空。原来果真有一种自然，叫“苔痕上阶绿”[1]！满眼新绿涌动，目力已不能穷尽，就连扑面而来的空气都是苔的气息。林文月在《京都一年》中曾这般描绘：“无论枯山水与池泉，皆没于厚厚的青苔里……这些形状各异，色泽不同的青苔，一任其自然衍生，故无论池沼之边，台阶之上，桥畔，径间，甚至石块上，树枝上，都蔓延着青苔，茸茸密密，如毡似锦……”[2]我从未见过这样的庭园，努力动用着身上所有的感官仿佛也不够去感受，每一个细胞和毛孔都在舒缓地伸展，好像被重新唤醒，鸟啼、虫鸣、风起、水动……细微之处顿觉耳聪目明。那一刻，我甚至愿意就地长成一块苔，依附于此，

1 出自唐代诗人刘禹锡《陋室铭》：“苔痕上阶绿，草色入帘青。”

2 《京都一年》：林文月著，生活·读书·新知三联书店，2013年8月，第61—62页。

随四季枯荣其中。

先生定期会拎着篮子，去周边的山野中观察野生苔藓的生长情况，他几乎走遍了杭州所有的山。据查阅的各类资料显示，现在的杭州约有300种苔藓植物，而他能够找到的，仅不到百种。

三月的一天，我寻了个机会，跟着先生去爬山。杭州西南面的午潮山，人迹罕至。一路上，先生会辨认各种苔藓，并指导我如何观看。这片山区极易观察白发藓，他轻抚着山壁上一片白花花的苔藓说："你看它们多可爱啊！白发藓的特性是干了就发白，有些还会进入假死状态，等到水分完全恢复以后，它们又会再出来。植物可比我们人类聪明多了！我们明知不可为而为之，它们知道不可为，就不动了。"

午潮山有一处名叫白龙潭的山谷，若是幸运，可以望见一束从山顶飞流直下的瀑布。一早进山，徒步走了半天，近晌午时我们才到那瀑布脚下，仰脖一望，分明是悬崖飞瀑。一条从天而降的水流，深嵌在危岩峭壁之中，蛇形的沟谷贯通天地，有如一条白龙游弋于山谷中。因是正午，恰有一束刺目的阳光，照射着瀑布，熠熠生辉。"江南就连瀑布也如此秀气！"我感叹道。传说古时候，龙门山下有一条白龙，因感山中寂寞，一天，竟撞破佛肚，腾空出游，于是留下了一个深潭。前人游记中有描写："窄长而又深邃，然水中沙细如珠，石白如玉，皆晶莹可数”,“泽深千尺,奔流下注,如泼万斛珠于碧玉峡”。赞曰:“潭水湛深莹澈，纵广寻丈。丛青四覆，森冽袭人。仰则石壁插天，俯则下临无地。泉石之胜，令人叹为观止矣。”

飞瀑之下、空谷之中的苔藓最是令人惊喜若狂。我俩小心翼翼地蹲在潭前，见到湍急的水流从一道封满青苔的峡谷间喷涌而出，逼仄的峭壁两侧，青苔一点点日夜滋长。日光正照射着那些苔，汩汩而出，幽绿发光。我们凝视了许久，不愿离去。那一刻，可遇而不可求，我只想俯下身，朝着幽暗深处的那片绿色伸出手去……

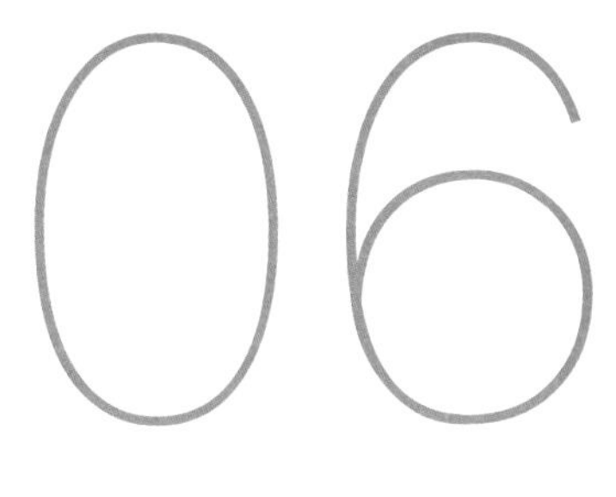

春风不改西湖

2000 年 9 月 23 日，秋分，船夫沈师傅站在杭州饭店的码头旁，正为一上午没接到一单生意而犯愁。突然，身旁驶来一辆车，下来五位游客，分别包了两条船，其中一位身着黑衬衫、白裤子的年轻男人和两名摄影师坐上了沈师傅的 161 号船。

船起先沿着断桥往白堤方向划，只见陆地上有一个卖报的小伙子，边追边喊着“张国荣”的名字，船夫这才意识到船上坐着的竟是“哥哥”，慌忙间赶紧把船向湖中划去。船儿直接到了三潭印月，三人上岸只待了二十多分钟便又上船离开，然后船夫划回了码头。

原来，那天是张国荣来杭州开演唱会的日子，也是他唯一一次在杭州开唱。第二年，张国荣发行了写真集《庆》，记录了他大陆之行中的真实点滴，其中就有他在杭州西湖游玩时拍摄的照片，当时跟拍的摄影师便是夏永康[1]。“我心相印亭”前张国荣远眺西湖的背影，是歌迷们心中永恒的经典瞬间，而泛舟游湖的故事更成了船夫们口口相传的一段佳话。

1 夏永康：1964 年出生于香港，香港摄影师、设计师、导演，王家卫的御用摄影师，2000 年与张国荣在内地旅游并为其拍摄。

西湖上的每一艘手划船都有自己的编号，像拿着一块号码牌，等待着游人的光顾。张国荣游湖坐的船正好是161号，许多年之后，依旧有歌迷来西湖游览时会特地预约161号船。后来，据说有人在西溪湿地见过当年161号船的沈师傅，因是西溪本地人，从西湖游船公司退休后便一直在西溪湿地划船，健谈幽默的他还经常跟客人聊起当年的事。

游船虽已易主，故事却被留了下来。

江南地处泽国，水道纵横，唯西湖的湖山最适合船游。明末钱塘人闻启祥[1]在《西湖打船启》里说："欲领西湖之胜，无过山居，而子犹不能忘情于舟。山居，饮食寝处，常住不移，而舟则活。山居看山，背面横斜，一定不易，而舟则幻。"明人舟游山水，是最具时代性的休闲生活品位与特色，不论是荡舟江湖，或是弄一扁舟、小舫浮游山水，都是隐士舟游的一种生活表态。崇祯五年十二月，大雪三日，张岱乘舟独往湖心亭看雪，写下名篇。在他的笔下，西湖是天与云与山与水上下一白，是"长堤一痕、湖心亭一点，与余舟一芥、舟中人两三粒而已"……成为无数后人对西湖冬日舟游的终极向往。

手划船具备小巧、灵便、亲水、入诗入画等特点，被传承至今，是西湖里最常见、最具个性的游船。一艘手划船通常能

1　闻启祥：明末浙江钱塘（今属杭州）人，字子将。著有《自娱斋稿》。

我心中突然生出一丝忧愁，也许是无东游湖终须散场，
但幸好这一面湖山不曾退场，等待着人初遇，也等待着人重来。

坐四到六人，再大一些的则能坐六到十人，也被称作摇橹船。它们大都由老工匠们纯手工打造，木质的船身长约八米，宽约两米，船尾微微向上翘起，橹通常安装于船尾。小游船布置得干净整洁，船上搭有顶篷，既可遮阳，又能避雨，远看像一座小亭子。舱内摆放一张小方桌，座位上铺着蓝印花布，坐在里头能下棋、喝茶、聊天，欣赏西湖风光。

划船是凭真本事吃饭。看上去轻盈的小船要想驾驭它却并非易事，船夫坐于船尾摇动船橹，自有其韵律节奏，拨开水面使船前进，一下一下干脆利落，绝不拖泥带水，厉害的船夫仅听水声便能判断出船的速度和状态。由于长期在船上风吹日晒，大多数船夫皮肤黝黑，他们吆喝卖力，划船稳健，是这汪湖水上一道生动的风景。但早在20世纪80年代至90年代中期，船娘曾是西湖手划船的主力军，后来因体力与安全等问题逐渐退出了“舞台”，改由男性船工替代。划船毕竟属于体力活，况且西湖水面常伴有风浪，船娘显然吃力得多。

蒋师傅是从2012年起开始在西湖里摇手划船的。老家在绍兴，早些年他曾在东湖上划过乌篷船，后来娶了个杭州媳妇，迁到了杭州。跟手划船不同的是，绍兴的乌篷船是手脚并划的，双脚掌来回触动木桨继而带动整艘船前进，手上握着的另一根桨只起到辅助和改变行船方向的作用。有过划乌篷船的经验，西湖的手划船对他来说驾轻就熟。

十年来，身为西湖艄公，这片湖山的美，蒋师傅自是领略得足够尽兴。

清晨六点半，蒋师傅从卧龙桥码头摇出第一班手划船，横跨整个西湖到达断桥，平静的湖面动了起来，近处禽鸟悠哉，远处青山笼烟，是西湖生机勃勃的样子。西湖的水是多愁善感的，难怪会有“西湖的水，我的泪”这般歌词来形容。它有着触手的凉和暖，是可感可知的，有一些私心的。而西湖最晚的一班船，发船时间则是下午四点半，若是天气晴好，可以看到金光铺满的湖面，金光穿过一座座桥洞，而后是玫瑰色的日暮和湖水，看倦鸟归巢，等岸边的灯光逐渐亮起……如果说清晨六点半的船，看的是西湖的生机，那么下午四点半的船，看的就是西湖的柔情。城市是个偌大的剧场，西湖的水是天地间的帷幕，一日之内，从暗到明再到暗，却也是一幕接着一幕，永无止境。

第一次坐蒋师傅的手划船是在新冠疫情发生的第二年春天。人们困于所生活的城市，甚至是更狭小的隔离空间，使得原本令人无限向往与期待的春天变得疲惫不堪，一切都显得无常且不确定。都说杭州的春天因短暂而美好，恰逢谷雨，春季的最后一个节气，惜春之情油然而生，我心心念念的游湖计划在取消了数次之后，终于成行了。邀约了两位女闺密三人游，一同泛舟湖上，我们亟须抓住喘息机会，努力寻找一些美好的事物，让自己不至于变得消沉。

我是通过社交媒体找到蒋师傅的，杭州不愧为“互联网之都”，就连西湖上一个普通的手划船师傅，也可以把自己的社交媒体账号经营得风生水起。他会发一些小众的游湖路线，图片和视频都有，时至今日，西湖的手划船师傅招揽客人的方式早已不同于往昔。对于蒋师傅在账号上种草[1]的“绿野仙踪秘境”，我既期待又持有怀疑和观望的态度——被网红博主们美化了的风景，买家秀和卖家秀之间的落差，揭开滤镜之下的西湖到底会给我带来些什么？我不确定。

西湖上有数个码头，所配置的船型和游览路线也各不相同。我们约在卧龙桥下的郭庄码头会合，午后两点，准时发船。一定是关在家里太久了，双脚离地的那一刻，周身一下子轻飘飘起来，终于踏进西湖的柔波里，我的内心竟萌生出一股劫后余生的庆幸，同行的另外两位小伙伴也迫不及待地拿出相机猛按起快门。

“坐好了，别太激动啊！注意安全！”蒋师傅提醒道，“好看的可都在后头呢！”说着他拿出一个热水瓶和三只盛了茶叶的杯子，为我们泡茶，杯中的叶片瞬间舒展，热气升腾。他说这是早上去虎跑打的泉水，春茶有了虎跑泉水加持，才是西湖双绝。

“会有人晕船吗？”我问。

“这种船一般不会晕，习惯了就好。如果这都能晕的话，

1　种草：网络流行语，本义即播种草种子或栽植草这种植物的幼苗，后指专门给别人推荐好货以诱人购买的行为，类似“安利”。

你们小时候坐摇篮也会晕的。”蒋师傅笑道。

“我还是第一次在西湖坐手划船。”其中一位女朋友说。

“我也是！从前只坐过大船。”我点头道，“小时候，每到八月十五父母会带着我坐那种大画舫去湖心亭。”这是我在脑海中仅有的关于在西湖坐船的经验，城市的经济发展了，本地人的生活情趣反倒不如过去。

南宋迁都杭州，七百多年前的《武林旧事》写杭州人夏夜独有的活动就是登舟泛湖，躲入柳荫深密处，高枕取凉，栉发快浴，或是在湖心惬意睡一晚，翌日早晨伴着夕阳而归。杭州富庶，吃食更多，荔枝、杨梅、新藕、甜瓜、枇杷、紫菱、白醪[1]、凉水[2]……冰雪爽口之物，丰美满盈。游湖纳凉之风一直延续到20纪80年代，1984年，西湖上的阮公墩曾开辟为夏秋季节的仿古夜游景点,命名为“西湖新十景”的“阮墩环碧”，一度成为儿时我跟家人的夏日休闲娱乐项目。“阮墩”源自阮公浚湖，“环碧”二字则表示小小的岛屿（阮公墩是西湖三岛中面积最小的一个岛），漂浮于波光粼粼的湖面之上，宛如碧玉盘中一颗晶莹翡翠。岛上建有忆芸亭、云水居、环碧小筑等竹屋茅居。阮公墩一年四季可游，最佳时节当在夏夜。夜游活动是重现古代庄园主接待宾客的热闹场景，通常会在夜幕降临的晚饭后，从西湖边的各个码头乘船前往湖中的小岛。可载百

1　白醪：糯米甜酒。

2　凉水：旧时称夏季冷饮类食品。

来人的灯船，船身嵌有花灯，晚来点烛掌灯，和水光月色辉映，一路领略西湖夜景，迎面吹拂着凉爽的晚风。靠岸上岛，有家丁手执灯笼迎接问候，待宾客们都在茅亭竹屋坐定后，身着古装的戏班演员出场亮相，一边饮茶吃食，一边看戏乘凉，其乐无穷。虽说旧时的炎夏没有空调，但也没有热岛效应和空气污染，有的是明月清风，柳荫荷塘，悠闲的心境和时光，这样想来，其实过得比如今要好。

我把思绪转移回来，问："蒋师傅，我们今天走的是哪条水路？"

"今天呀，带你们走一条好看一点的路线，是小红书上的网红路线！"

"蒋师傅果真紧跟潮流啊，哈哈哈哈……"我们都乐了。

手划船不愧是游览西湖的最佳交通工具，它以一种恰到好处的速度、平行于湖面的独特视角为你打开一个全新的西湖。划出郭庄码头，优哉游哉晃进西湖的柔波里，首先在眼前铺展开来的是西里湖的一片宽阔水域，我们被眼前的风景震慑住了：云淡风轻，湖面波光粼粼，鸳鸯在戏水，著名的"西湖十景"之"苏堤春晓"就在正前方的不远处。难怪古时的文人有云："西湖妙于里湖，正如美人寝帏，神仙别馆，窈窕深靓，殆不可名。"

"你们运气真不错，今天的天气太适合坐船游湖了。"蒋师傅一面打桨，一面跟我们闲谈自己的工作和生活，还有西湖的掌故，以及种种笑话。"微风习习，温度也正适宜。若是在疫情之前，旺季的时候遇上这样的天气可是一船难求的哦！”

“那旺季是什么时候？”我追问。

“每年春秋两季吧，不会太冷，也不会太晒，然后天气晴朗的周末和节假日也都算旺季。不过疫情前，坐船主要为外地游客青睐的游乐项目，疫情一来，西湖的游客全没了，最近半年，倒是在本地人之间流行开来了。”

正当我们的船划到西里湖的湖心，只听见从身后传来一阵船鸣声，船上一名工作人员严肃地冲着我们喊：“麻烦把口罩戴上！”“好的好的！不好意思啊。”蒋师傅赶忙应和，“这是湖上的巡逻船。”他解释。

“躲到了湖中央都不肯放过我们啊。”我有点哭笑不得，只得掏出了口罩。“可见,杭州的防疫工作做得是真的很严谨了。”我的女朋友说。

蒋师傅一身宽松的练功服，头戴一顶斗笠，双手一高一低紧握着橹，来回拨动，动作十分娴熟老练，起落间有一种气定神闲的优雅，像极了武侠片里的扫地僧。完全摆脱了机械推进的小船,感觉上更浪漫,节奏也更悠闲。他说划船考验的是耐心，那种十年如一日的不疾不徐，再优美的风景若是日日看也会生厌，因此需要一份忘我而无用的专注。对于日复一日在劳作中安放生命的人而言，这是平等又可贵的品质，他们是每一艘船的掌舵者，看似平凡却技术高超，总能平稳地在西湖上自如行驶。45 岁的蒋师傅，已经在西湖上摇了十年的船，尽管也会受制于景区的管理，但这份工作依旧让他觉得“自由”。淡季没人坐船时，天气不好刮风下雨时，他就可以休息，虽然忙起来身体劳累，但工作时间相对固定，早出晚归，能很好地照顾家庭。

目前西湖上共有三种游船方式可供游人选择，第一种是西湖游船公司的环湖及登岛游船，类似于水上巴士；第二种是杭州外事的高档画舫船，外观精致，设计考究，一艘就能载客三四十人；第三种就是蒋师傅这样的手划及摇橹船，机动性强，能按游客的要求灵活安排行进线路和上下船码头。由当地船家自营，自负盈亏，跟出租车公司类似，有统一的公司管理，在船的安全性、定价、服饰礼仪等方面也有严格的规定。小船每船 300 元，大船每船 360 元，行程约一个多小时，可以包船，也可以现场拼船。“我们这一行也是看天吃饭。出船受天气影响大，刮风下雨都不能出船，每天都要时刻关注景区的通知。”有时蒋师傅还在湖上划着，就收到景区的停船通知，划完手头这趟就得收船了。

新冠疫情对旅游行业的影响是致命的，游船又极度依赖于外来游客。“这几年，自营的船家受损严重，”一提到这，蒋师傅脸上顿时愁云密布，“以前都是人等船，现在变成了船等人。”据估算，西湖上现有约两百余名船夫。“记得在疫情前，游客们都是排着队等在岸边，船夫们一趟又一趟地划，划到下午手都软了。疫情头一年，西湖上的游船直接被勒令叫停，今年才陆续开始出船，但也是有一搭没一搭的，但凡有点风吹草动就又动弹不得了。”说着他腾出一只手，摊开手掌，“你们看，我这手上的茧子都浅了不少！”去年不少船家选择不做了，一条船一年的租金要六七万，根本赚不回来。蒋师傅叹了口气，但他始终相信疫情会过去，对他来说，这不仅是一份养家糊口的体力活，更是精神上的一种支撑，只要他还在划着，生活就不至于蹉跎。

我们的船途经曲苑风荷，水榭楼阁前老年合唱团的阿姨们正在引吭高歌，声音洪亮整齐，接着又划过印象西湖的表演区域，随着河道渐次变窄，树荫愈加密实，两岸开始出现和方才截然不同的水域样貌。一路上小桥流水，曲径通幽，慢慢摇啊摇，穿过第一个桥洞，西湖的秘境正式开启。最先迎接我们的是岸边的水鸟。“这是鸊鷉，一种西湖上常见的水鸟，杭州人也叫它水葫芦。”蒋师傅说。只见那只水鸟体形短圆，在水上浮沉还真像个葫芦。

据蒋师傅介绍，这是在疫情之后西湖景区新开发的一条宝藏手划船线路，连杭州人都知道得很少，但路线曲折复杂，划起来费力，因此很多船夫都不爱划。从郭庄码头出发，经西里湖、曲苑风荷、金沙港、杭州花圃，最后返回出发地，沿途穿越九座小桥，一步一景，且不走回头路。另外还有一条“网红线路”是在短视频网络平台兴起的，从花港观鱼码头出发，途

一杯清茶下肚，转身跳进西湖。

经乌龟潭、浴鹄湾、杨公堤，最后回到码头。视频爆火之后，来坐船的年轻人一下子多了起来，还有专程从省外跑来“打卡”的。疫情下的旅游业惨淡萧条，连带影响着西湖的手划船经营，但是船夫们与时俱进、自谋生计，社交媒体成为他们招揽生意的全新渠道。“杭州是个‘网红之都’，哪里能成为‘打卡点’，哪里就有客人。”蒋师傅特意强调，“现在我们手划船师傅可都是一专多能，除了划船、导览，最重要的是会拍照。有的还会在船上准备一些扇子之类的小道具，划到固定的打卡位置给客人们拍照。他们管这个叫‘出片’！”说完，我们全都笑了。

“你们看过前阵子抖音上爆火的一条视频没？”

“说的什么？”三人齐问。

“我们这儿的一个船夫胡师傅，有一次载了一个小伙子。船划到湖中央的时候，那个小伙子突然扑簌扑簌掉眼泪，船夫问他为什么哭，小伙子说自己来杭州见心仪的女孩，两人之前已经聊了两个多月了，但等他坐飞机到杭州，那女孩却不联系他了。没见到面，小伙子很失望，一下子没拐过弯，情绪上来了，有点想不通了。”

在那段视频中，船夫像长辈一般劝解他：“不要伤心，你年纪还轻，要走的路还很长，这点小事算得了啥。人生磕磕碰碰上上下下，没有一帆风顺的，你的缘分其实还没到，回去之后好好工作，该吃饭吃饭。下次带着好的漂亮的真心爱你的女孩子，再来坐叔叔的船。”那小伙子很受安慰：“好嘞叔叔，我努力，我努力。”船夫又说，不用努力的，这个东西“船到桥头自然直”。小伙子问能不能拍一个视频，想把这些话录下来，伤心的时候拿出来看看，这才有了那一段刷爆网络的暖心视频，网友们纷纷留言说被“船夫的哲学”暖到了。船儿像是在这面湖上搭起的一个小小的临时避难所，无论人们在岸边时多么心事重重，一旦上了船，心中的愁绪总能在船夫一橹一橹的摇晃中慢慢散去，波痕的皴皱，云气的奔驰，船身的摇荡……一切都和心相相融合，抵御并消解着现实中的负面，带来短暂的慰藉。所谓渡船也渡人，胡师傅怎么都不会想到划了三十年船，自己居然会以这种方式走红，甚至一度被网友们称为“灵魂摆渡人”。

“我还遇到过来船上求婚的。”这些年，蒋师傅见过的人、经历过的事可不少，“订了我的船，带着女朋友来坐船，等船划到一片静谧的湖面，男士现场求婚，我还充当了见证人。欢迎大家来订船求婚，成功率百分百！哈哈哈。”

“许仙和白娘子不也是在西湖上同乘了艄公的船相识定情的嘛！”我想起了那个耳熟能详的传说。

“看吧，西湖，永远都不会让人失望。”蒋师傅满脸骄傲。

还没从聊天中回过神，我们又被眼前的景色带入另一番梦境。漫天飞舞的柳絮宛如落雪一样，船儿摇荡着穿过桥洞，阳光时而透过斑驳的树叶照在身上，像是被春天调皮的小尾巴轻轻拂过；时而又折射到桥下的石板上，忽明忽暗。七百多年前，意大利旅行家马可波罗在他的游记中写下这样的字句：行在杭州，环城诸水，有石桥一万二千座，是“世界上最美丽、最华贵之城”。圆的桥洞，方的石块，弧形的桥背，构成了一座座桥。杭州的桥，驾于柔水之上，历经沧桑，见证着超越时空的不朽传说，或喜或悲，或愁或哀，也诉说着城市自己的故事。女朋友雀跃地坐到了船头，抬头看小桥从头顶缓缓掠过，低头见光影在丝般波纹中摇曳，恍惚间竟有一种在马来西亚看热带雨林的错觉。

“考考你们，现在穿了几座桥了？”蒋师傅问，三人一脸狐疑，七座？不对，好像是八座了？“前面就是最后一座咯！”

“是哦！我们回到原点了。”我竟然还有些意犹未尽。

“刚好你们下船，我下班去接儿子放学回家咯！”这是一个西湖船夫寻常的一天。临走前，得知我在写书，蒋师傅还面露羞涩地告诉我，他虽然白天是个船工，晚上等老婆孩子们入睡后，他也是一个会捧着手机看小说直至深夜的“夜游人”。

同年的中秋，听闻西湖上将连续三晚划起33艘月亮船，我又跟蒋师傅约了一场夜游。夜幕降临，楼外楼旁的中山公园手划船码头早已人头攒动，33艘手划船装点上了圆形的月亮灯，整装待发。“这可是西湖的中秋限定噢！”蒋师傅贴心地帮我拼好了船，打起船桨，六人一船，灯亮船动，优哉游哉荡向湖心。途经湖心亭、小瀛洲、三潭印月，每一处都是赏月的最佳地点，船上的月亮灯和天上的圆月、水中的月影相映成趣。夜色愈深，湖水愈稠，连荡漾的水波都拉慢了节奏，船移、月行、波生、鱼跃。待月亮完全升至头顶，蒋师傅才将船荡回了岸边，正是游客散场时分。我心中突然生出一丝忧愁，也许是无奈游湖终须散场，但幸好这一面湖山不曾退场，等待着人初遇，也等待着人重来。

此后，几乎每个季节我都会去西湖坐一趟船，暮游、夜游、雨游、雪游……都想一一体验，每次订的也都是蒋师傅的手划船，我们如同这座城中一期一会既熟悉又陌生的朋友。西湖环抱着城市，给人以无尽安慰，而在船上的时刻，我总能张开怀抱，投身其中。我喜欢痛仰乐队的一首歌《西湖》，那歌里唱：

行船入三潭/嬉戏着湖水/微风它划不过轻舟/时而又相远

我却想，一杯清茶下肚，转身跳进西湖。

醉庐主人的江南味道

01

刘汉林在杭州老饕们的心中是一位神仙人物。他的故事曾在各路民间的美食圈里出现过，尝过刘老师厨艺的人，无不引以为傲。作家庆山《得未曾有》[1]一书的开篇《拾花酿春》，写的就是他。菩提谷的老宋和刘汉林是故交，大麓寺的民宿建起来后，刘老师上山小住过几回。有一回，老宋同他聊起想在山上做家宴的念头，汲取古人的会友方式，用一顿饭的时间，好好感受当下的郑重与尽兴。刘老师毫不思索便应允了，首宴的掌厨非他莫属。

作为东道主，老宋给家宴取名“醉卧山林”，喜尝山之味，醉卧竹林间。慕名已久，终得机会一尝刘老师的“江南味道”，我心中自是窃喜。

十月末，我第一次见到刘老师，一头短发有些花白，腰板笔挺，中式藏青色的短褂套着个围裙，利索地进出于厨房内外，特别精神。老宋说，刘老师前一日半夜才入的山，据说路上还偶遇兔子引路，似是神奇的力量牵引。听说他从海边带了神秘食材，次日一早，才着手备菜。

开筵当天，山中有雨，如针如丝一般，把山里的天色渲染

1　《得未曾有》：庆山著，北京十月出版社，2014 年 6 月第 1 版。

得格外静寂幽深。“不问”餐厅里，大家有条不紊地操持忙碌着：管家挖到了竹林里的头一批冬笋，老宋新开了一坛八年的梨花陈酿，九龄从骑象居院子捡来黄透了的厚朴树叶，刘老师用毛笔一叶叶题写，用作菜单。因食材只在当天一早才尘埃落定，早先初拟的菜单迟迟不敢透露，直到家宴那日下午才终于揭晓。

醉卧山林·宴单

清酱笋丁 香卤素鸡

红衣扫雪 仓前羊肉

杭式熏鱼 芝香野菜

银杏白肉 菩提印信

咸肉初冬 山海会盟

秋油芋子 栗子山鸡

菩提家素 翠色秋晚

主食 咸肉笋丁饭

甜品 观音豆腐

——丁酉八月 醉庐主人

竹子截一米左右长段若干，正中对切，一分为二。竹子中空，竹节自然分割，刘老师巧妙地运用山中最为丰富的资源竹子，作为这场家宴的食器，摆放于长桌中央，连接贯穿首尾。少顷，前菜抢先登场。将烹制好的几道凉菜盛放在竹器内，点缀上竹叶和山间的小野花，生动又精巧。

天色渐暗，宾客们陆续入席，边吃边聊，谈笑风生。刘老师一道一道按序上菜，温和谦逊，他讲求凡事慢慢来，在厨房看好火候的同时，也要拿捏住外边宾客们的用餐节奏。席间，拿手好菜白切肉姗姗来迟，紧接着是当晚的神秘限定“山海会盟”，刘老师介绍道，为了迎接从南通如东远道而来的朋友，特地取了这个菜名。用的是大麓寺山上的鞭笋和东海的小黄鱼，取黄鱼肚上的鱼肉，鞭笋切细丝，勾芡，一同熬煮成羹。一勺入喉，山野与海味渗透交缠，口感细腻顺滑，味蕾的兴奋点在一碗羹的加持中攀至顶峰，在场的人啧啧称奇。最后，以观音豆腐作为甜点收尾。刘老师笑称，观音豆腐他也是第一回尝。“山里总有些意想不到的好东西！”只见那豆腐翠绿色晶莹剔透，外形似果冻，味微苦、清香，原料取自山里一种名叫豆腐柴的落叶小灌木的叶片，营养价值颇高。“吃东西带点苦，对身体更有好处。油腻重口味就像甜言蜜语，会让人依赖，别人恭维你，你觉得好听，因为实话大都难听。人世间的道理都是相通的。”我以为，食材本身多么昂贵或稀有并不是打动人的原因，真正打动人的往往是食物承载着的心意。一份饱含时令及情意的山海之味，显示的是厨人对土地的尊重，也是主与客之间的彼此认同。

家宴延续到深夜，推杯换盏间，梨花陈酿压轴上了桌，盛在杯中，酒色如琥珀般透亮，当下被宾客分酌殆尽。闭眼细品，好似有春风吹进了骨髓，醉意渐渐在经脉中流淌。既是“醉卧山林”，当然不醉不归，睡在山上也必定一夜好眠。第二日醒来，想起梦里有梨花飞舞……

•02

刘汉林是江苏南通人，一个写诗、画画、酿酒、烹炙的散淡人。早年他在杭州郊外的双灵村建了一间名叫“醉庐”的私厨，但那又不算是真正意义上的菜馆，因为醉庐并不对外开放，只招待朋友。起初是为了实现妻子的梦想，有一个白墙黑瓦的房子，一个临溪的院子，过一段平淡安闲的日子。2007 年一个秋日的午后，刘汉林和夫人在双灵村看到一棵桂花树，特别喜欢，冥冥之中找到了一处农家废弃的房子，租下后稍作整修便住着了。日复一日，越想越复杂，越做越多。院子结构稳固，在原本的基础之上注入了主人对生活的想象，以极尽自然为标准，修建成了庭院，造了荷花池，有水系，有亭子，每一处小细节都经得起推敲，但又不刻意，就连泥水、木工、水电都是刘老师自己动手。老房子经一双巧手翻新打理，宛如一处世外桃源，便成了醉庐。“我们这些在西湖边长大的人，为什么会被这里吸引？”曾有本地老友来了之后惊叹不已，“这才是西湖的深处啊！”

“早先只想有个地方自己可以酿酿酒、做做菜，有些朋友来吃饭，也可以收一点成本费，顺便养家糊口。”令他意想不到的是，醉庐的口碑竟慢慢地传出去了，驱车四五十分钟从城里慕名而来的，不乏其人。“对城市人来说，农村有一种吸引力。

人的内心中存在着一种共鸣，那就是从细微中感受生活之美和安宁，不需要更大更宏伟的东西，因为我们也不处于那个跌宕起伏的时代。能够看到眼前的美，把生活过得更简单一些，就好。”

刘老师总说，他是画家中烧菜烧得最好的，厨师中画画画得最好的，但当厨师和画家都在一起的时候，他就是诗写得最好的。在他看来，做菜是为了画画，画画也是为了做菜。刀法的细致，带着工笔之感，做菜的随性，又有写意之味。很多时候，做菜和画画是相通的，都是多和少的关系：做菜时料配多了，不一定好；画画也同理，画多了，反倒不一定出彩。做菜用的是最简单的食材和调料，画画用的则是最纯粹的水墨。“但还是做菜容易些，吃完就走了。画如果画不好，会给人骂一辈子的。”

朋友要吃饭都会打电话给刘老师，再好的朋友都得先打电话预约，他们也不会问今天吃什么，反正来了，有什么吃什么，这是醉庐的客人们心照不宣的规矩。不肯提前一天准备，非得开饭当天清晨亲自跑四五个乡间菜市场，置办最新鲜的回来，是醉庐主人的坚持。他认为食材第一要时令和新鲜，第二是尽量挑选农民自家土生土长的那种，所以相对比较困难，因为农民自己种的菜量不多，比较单一，有时候要跑几个菜市场去挑选蔬菜。

“莴苣笋一定要买细的那种，说明它是自然生长，不是大棚里的。一般我都选农民种的莴苣笋，个头小，春天才有。快刀切片，用盐渍一下，不能过早，吃前两个小时最好。做下酒小菜，吃起来清香又脆嫩，爽口。”

刘老师做菜追求本色原味，稍加一点调料，用自然的烧法。色香味是相辅相成的，过犹不及，食材新鲜的色才是最好的。现在外面大部分餐馆吃到的菜都是靠调味品，加味精，重油重盐重口味。而吃到刘老师做的菜时，会觉得脾胃轻盈了："啊！这是食物本身的味道，味蕾解放了。"

"来我这儿吃饭，没有留剩菜的，很快就风卷残云了。每天都会遇到不同的食材，每个季节的食材各不相同。有时候我的朋友等一年，才能吃到一种菜，过了季节就没这个菜了。"他说，"要吃简单原始的东西，尽量不要去吃昂贵奢侈的东西，这才是生活的本质。"

作为地道的老南通，刘老师幼时求学、青年创业都在南通。他笑称自己是个杂家，曾做过许多行业，早先干过装修，还做过铜版画，或许是因为认真，一直也算顺遂。后来因为一个人，为了感情，义无反顾到了杭州，成了半个杭州人。他没有真正学过做菜，但可能受家庭潜移默化的影响，因为家里都是男人做菜，他的父亲也是个厨师，在南公园做过大厨，接待过不少厉害的人物，所以他的童年有着无比幸福且深刻的味蕾记忆。长大离家后，总觉得在外面吃不到父亲做的菜的味道，于是他会依着味蕾的记忆去模仿做一些菜，人对食物的要求很多时候来源于童年对食物的记忆。古人说适口者珍[1]，菜肴能满足人们对于味的需求，觉得自己吃得合适舒服，就可以算得上是美食，因此更多还是个人的感受。但食物也有自己的灵性在，有它的临界点，用何种方式表达它，如何能表现得更好，那便是厨师的修为。

“我做的菜大都是老底子的南通菜，但我会通过自己的感受重新诠释。”以传统南通菜为基底，着眼本帮食材，刘老师也研发了不少菜，能做出自己的独到之处。杭州本地谷雨节气的茶，摘了做红茶特别好，有了得天独厚的谷雨红茶，他就研制了醉庐版的炖老鸭。色泽好看，味道清爽，红茶有甘味，放到老鸭里味道融洽相投。并且，红茶是暖胃的，鸭是凉性的，两者又有相辅的作用。而他最令人津津乐道的还属一道白切肉。只有选择上好的土猪肉，才能做出有形的白切肉，吃起来肉质嫩，肥而不腻。难怪人都说，能把再家常不过的白切肉做好的，才是高手。

刘老师的菜刀是特制的，上边刻着一行字：“本是琴书手，却爱小泉刀。醉庐主人用器。”做菜一直都是他的闲趣，一如写诗、画画，对他来说，无论是泼墨还是烹饪，都是对内心诗意的表达。

1　出自南宋林洪撰写的闽食谱《山家清供》，原句为：“食无定味，适口者珍。”意思是食物没有固定的味道，只是每个人的偏好不一样罢了。

03

刘老师还有一手酿酒的绝活。古法酿出的糯米酒，度数适中，酒性温和、养人，一般不对外招待普通客人。在传统的酒类里，米酒是汉族的特产酒，梨花酿、梨花酒早在唐代时的杭州就有过。白居易《杭州春望》中写的“红袖织绫夸柿蒂，青旗沽酒趁梨花”[1]，说的便是此酒。他说有一天看到电视里在播金庸的《笑傲江湖》，令狐冲喝了酒躺在地上，闻到十里外十年陈的梨花酒……突然觉得那个场面挺雅的，又想到梨花初蕊之际也正是酿酒之时，因此给酒取名“梨花初酿”和“梨花陈酿”，与院中的三株梨树相映成趣。

醉庐曾辟出画室下的一间屋子作为酒窖。酿酒用的是家传的配方，据说家中已经传了好几代了，刘老师酿酒则是跟着三哥学的。“我第一次酿酒就特别成功，所以我这里是有酒仙出没的地方。”酿酒的水就取自杭州的山泉水，糯米较多选择前一年秋收时农家种植的有机糯米，水和米影响酒的口感，酒好其实就是水好。

酿酒最难的是掌握手感和温度。糯米浸泡后蒸，刚蒸出来的新鲜糯米香软至极，待冷却之后加入山泉水。先把米打散，

1　出自唐代诗人白居易的《杭州春望》，此句的意思是：青旗门前争买美酒饮“梨花”。当时杭州有一种酒名为“梨花春”，要趁着梨花开放时酿造。

一粒一粒，拌酒药才能均匀。拌的过程中，手势要轻柔，米粒的包浆最好不要弄破。“家里以前酿酒，连一粒米都不能掉在地上！”他说。温度掌握不好，酒就会发酸。做新酒的时候特别需要保养，酒缸边的汗水不能流下去，一旦流下去了就会涩。酿酒就像对待人，用心、照顾得好，出来的酒才香。酿酒用的是大瓦缸，一年酿两次，三月和十一月各一次。整个酿酒期间，都能听到缸里发酵的声音，若是做得好则声音清亮，反之则瓮声瓮气，夜里像动物的哀嚎。初酿一般个把月即可饮用，陈酿则需要封存，三五年后再拿出来饮用。“做任何事情，欲速则不达。酿酒是为了自己喝，过程就像修行一样，人生也是一种过程，还是要有平和的心态去对待。”

自家酿的酒纯手工纯自然，好是好，但量少。只在赴宴或应邀时，才会带一些给亲友抑或懂酒投缘之人，只送不卖。“到醉庐来，不喝点酒，他们会后悔。”刘老师眯着眼睛笑，“所谓酒香不怕巷子深，食客自会闻香而来。做菜也是一种交往，吃过两回，就是朋友了。”平日里，刘老师是个安静而少语的人，他说自己年轻时甚至不大爱说话，有了醉庐以后才开始跟各种人打交道，来的人越来越多，每个人都带着自己的故事，交到了不少知心的朋友。

后来，醉庐不开了，食客们惆怅不已。再往后，听闻新醉庐已动工在建，便又有了期待。

04

2018 年 5 月末，接到老宋的邀约，他唤了九龄和我一同拜访新醉庐。那天午后阴沉沉的，好像就快下雨似的，眼看时间还早，我便独自在双灵村闲走。

地处杭州西南面的双灵村三面环山，临西湖、傍钱江，保持着与喧嚣都市不远不近的距离，村子的尽头是一个碧蓝色的小水库，这里是九曲红梅茶的原产地。所谓偏安一隅、自在西湖外，也恰如其分地形容了如今杭州人的某些城市性格——追求安逸、缺乏攻击性，有点儿自以为是，耽于一种内向而自得其乐的人生。有人说，在杭州生活久了会缺乏斗志，杭州人并非没有斗志，只是他们把勇敢藏得很深，而且是一种绵里藏针的、只敢与时间对抗的勇敢。

新醉庐坐落于双灵村地坞盆地，是一座全木结构的民居，传承了宋代的建筑风格。一扇古旧的木质台门，门框正中挂着个红纸糊的灯笼，上有“醉庐”二字。门前种了一棵石榴树，沿着潮润的石板蜿蜒向前，院中还藏着一汪池塘，石桥流水，红鱼悠哉。还有一小块菜园，规划得小而精致，依照节候，种着各色蔬果。周围草木葳蕤，短篱疏竹，隔开视线和脚步，依稀可见那芭蕉掩映之上，有个土墙黑瓦的房子，门前挂着竹帘。

这地方可真灵啊！能坐在廊下，面对满院花木，吃点小酒，不就是江南味的小日子吗？我喃喃自语，说话间进了屋，看到老宋和九龄正坐在门前剥毛豆。老宋说：“你来晚了，我们开工在准备晚饭了。”我往隔壁屋里张望，刘老师正低头专心切着菜，我便也拖了把竹凳坐下，帮忙一起剥毛豆。

院落的格局如儿时江浙一带老家的天井，四面有房屋，围着中间的空地。身在其中，抬头可见屋檐上悬着的天，露出苍翠茂密的树冠，枝叶间鸣声上下，有几缕流云横穿而过。低头则是一方渗透着地气的土壤，蒙着几寸厚的青苔，密匝匝生出些野花茂草，看似杂乱无章，却有一种蓬勃的生命力。院子一角放着只大水缸，像是用来接住天上落下的雨水，另一边堆放着好些酒坛。这院落室内外自然交融，写意、任性，又充满生机，让我联想到《陋室铭》——“斯是陋室，惟吾德馨。苔痕上阶绿，草色入帘青。”刘老师介绍道，总共四间房，其中最大的一间被他拿来做了厨房，有一个烧柴火的土灶，有些菜非得土灶的烟火味烧出来，才好吃，说着又带我们参观了他的书房。

片刻，又来了三个人，也是刘老师的知交。名叫小粒的女孩一来便拎着篮子往菜地去了，说是去摘几根黄瓜，做个拍黄瓜，加个菜。天色渐暗，炊烟带着诱人的香味袅袅上升，刘老师拿出镂空的梨花纸，平铺在桌面上，梨花陈酿立于正中，碗筷摆好，一桌人凑齐，坐等开饭。白切肉、小黄鱼、拍黄瓜、素鸡香肠、盐水毛豆、凉拌笋干丝，前菜清爽开胃，食欲大开。

有人说，在杭州生活久了会缺乏斗志，

杭州人并非没有斗志，

只是他们把勇敢藏得很深，

而且是一种绵里藏针的、只敢与时间对抗的勇敢。

刘老师陪我们吃了会儿，又回厨房把热菜下了锅，很快，正菜来了，腊肉蒸笋、咸菜河虾、爆炒鳝段、饭焖茄子，就连热气腾腾的莼菜汤也端了上来。用莼菜作料制成的莼菜汤，色泽翠绿，滑嫩清香，胶质丰厚营养好，是浙江杭州地区汉族的传统名菜。早先我以为，莼菜汤只在西湖才喝得到，刘老师却说，他觉得最鲜美的莼菜就在他们双浦镇。这才晓得，原来莼菜是双浦镇最有代表性的特色时令菜，每年 5 月中旬到 7 月中旬是莼菜的采摘期，在双浦铜鉴湖村以及周边仁桥一带，能看到星罗棋布的水塘中长满了碧绿的莼菜。

酒过三巡，众人微醉，刘老师透露他在南通如东的袁庄做了一个酒坊，梨花酒终于又开酿了。用的是杭州五常的糯米，西湖区双灵村的山泉水，水质清甜甘醇，隔几天就用车运过去。村子里的这个房子空间局限，若是想要多酿一些酒，还得有一处更大的地方。刘老师是个特别善于等待的人，他坚信很多东西都需要时间去沉淀，带着食物的温度，回到湖山深处。他说最初做醉庐，并没有长远的商业规划，也从未刻意地去经营，只是一种玩的形式。随着时间的变化，断断续续存在着，中间有几年，他去海南帮朋友做事，醉庐也不大对外经营了。但他想要做的事情，必定还是会全身心去做。在他心里，醉庐是无形的，它是一种舒适、惬意、清闲的生活状态，还有更大的想象空间。找个有山有水的地方，只要有个房子，哪怕是个草房，生活就能生根发芽，长出自在的模样。

吃完饭，走到屋外，天竟下起了雨来，连日的闷热退去些许。屋檐下，灯笼在夜幕中格外明亮，远处的山头隐没在一片浓墨之中。我恍恍惚惚，内心升腾起一阵朴素的暖流。

盧

08

满家弄制香记

01

对于桂花，杭州人是有着一股子执拗劲的。每年农历八月十五前后，人们是等着盼着它开的，不仅要赏花，还要深嗅，甚至要吃到喝到肚子里去。桂花，不只是一种香气，更是一种味道，只有眼鼻口舌都沾染了，才觉得没有辜负这个秋天，否则怎么都不甘心。

杭人的秋天是独属于桂花的“季节限定”。一到秋天，满城飘香。杭州以桂花为市花[1]，大小公园、街巷社区遍植桂树，包含金桂、银桂、丹桂和四季桂等多个品种，使得花期香味足以延续数月之久。桂花还分为早桂、中桂和晚桂，待第一波桂香不经意间飘来，芝麻粒大小的黄色花苞跃跃欲试，即是全城出动奔赴各大“赏桂名所”之时，其中唯独西湖以南、南高峰与白鹤峰夹峙下的一条山谷为最盛。每到桂花季，数不清的黄粟遍地，树树金银。

山谷内有一座自然村，名满觉陇，又称满陇。自唐代中叶始，周围一带村民开始以植桂树、售桂花为业，沿途山道种植有7000多株桂花树。经村内老人介绍，村内原有迎接乾隆第六次幸杭时栽种的八株桂花，现幸存四株。明代高濂笔下《满

1　中国十大名花之一的桂花，在1983年被评为杭州市的市花。

家弄看桂花》中的“满家弄”就是如今的满觉陇。

满家弄赏桂花

［明］高濂

桂花最盛处，惟南山龙井为多。而地名满家弄者，其林若墉若栉，一村以市花为业，各省取给于此。秋时策蹇入山看花，从数里外便触清馥。入径，珠英琼树，香满空山，快赏幽深，恍入灵鹫金粟世界。就龙井汲水煮茶，更得僧厨山蔬野蔌作供，对仙友大嚼，令人五内芬馥。归携数枝作斋头伴寝，心清神逸，虽梦中之我，尚在花境。旧闻仙桂生自月中，果否？若问托根广寒，必凭云梯天路可折，何为常被平地窃去？疑哉！

以水乐洞与石屋洞之间的满觉陇村为中心，桂树盛开时落花如雨，习称为“桂雨”，游人如入众香之国，“西湖新十景”之一的“满陇桂雨”就此得名。

进入满觉陇，沿途而上，一到赏桂季总能偶遇熟人，见面第一句话就是：“你怎么也来了？”桂花一开，就人生何处不相逢了。即便不是周末，车辆也能从下满觉陇堵到上满觉陇，水泄不通的盛况更是司空见惯的。村民们在路两旁纷纷摆出了摊子，售卖各种与桂花有关的糕点小食等制品，桂花糖、桂花酱、桂花酒、桂花糕、桂花糖藕……制作精巧灵妙，价格却都

桂花，不只是一种香气，更是一种味道，
只有眼鼻口舌都沾染了，才觉得没有辜负这个秋天，
否则怎么都不甘心。

平易近人。公交车堵在路中，摊主灵机一动，对着车窗内一整车满载的乘客卖力吆喝："美女啊，桂花糕、桂花糖藕，要不要来一份呀？"这边等得正心焦，美食当前很难不为所动："那就来一份桂花糖藕吧！"摊主反手掏出一个付款码："扫这个码，我这就给你拿糖藕。"借着堵车的间歇，透过车窗，买卖成交。桂花季的生意，毕竟一年只此一回，有赖老天赏饭，也靠着村民的灵活与变通。

桂花糖藕，糯、软、甜、香，是江南秋天的滋味，也是一道富有浓郁杭州风味的街头小食。藕是水中物，西湖莲藕是藕中极品。把糯米泡软，塞进藕洞填满，再把藕放入锅中焖煮，最后捞出切片，淋上糖汁，撒上一些干桂花，即可食用。近些年，杭城的咖啡馆、甜品店、餐厅等每到秋季就会争相推出各种"桂花周边"，天马行空的店家们把桂花融进了奶茶、咖啡、蛋糕、菜肴之中。下满觉陇就有一家以桂花命名的餐厅，名"桂语山房"。悉心经营了十四年的餐厅，在杭州已然算得上是老店，除了被百年老桂树簇拥着的院子，更为人称道的是它家主打的素食料理，食客称之为"江南意境菜"。以桂花入馔、茶、酒，配以精选的食器，置身禅意的氛围，考究程度不亚于日本怀石料理，就连杭州美食界的大家"神婆"都曾赞誉："桂语山房，是杭州唯一一个能吃出陆游笔下《僧饭》中'斋厨爨桂香'意境的地方。"

熟谙门道的本地客往往有备而来，提前跟村里的茶农家打好招呼，占个位置，在桂花树下泡上一整天。风起，微凉，桂花扑簌簌地落，这是江南才有的场景。临走还不忘带几罐桂花龙井、桂花九曲红梅。

石屋洞可以说是满陇桂雨的隐藏景点。自此迤西经满觉陇村直至翁家山，一路桂花如云，连绵不绝，“石屋赏桂”在古代就成为杭城韵事了。洞左还有桂花厅，系一片连绵的桂花林，是杭人赏“桂花雨”的极佳处。按桂树每秋开花三次计算，前两次开花量仅占一年开花量的百分之二十左右，第三次开花不仅花朵多、花香盛，而且持续日子也长。花柄枯萎之后，微风吹动树干，花朵顿如雨落，称为“桂花雨”，颇呈奇观。《湖堧杂记》里有云“满家弄桂花，可名金雪[1]”，据近人描述：“(从石屋洞直上风篁岭)每年中秋前后，桂芳飘香，游人就纷至沓来，络绎不绝。在这里放眼四望，只见那‘叶密千层绿’的桂花林中，那漫溢着馥郁芬芳的桂花，黄如金，白如银，红如丹，一串串，一簇簇，缀满枝头，真是树树堆金雪、清香沁肺腑，令人醉倒。”形成了杭城特有的风景线。

赏夜桂才是真的香。夜晚秋风乍起，气温骤降，暗香阵阵浮动，削弱了视觉的刺激，嗅觉的感知得以凸显——好一座浮在桂香里的城市！

1 金雪：指桂花。

02

杭人赏桂的热情始终高昂，恐怕没有一座城市像杭州那样爱桂花。千百年来，桂与杭州人年年相约，但秋天毕竟短暂，当桂花香散尽，终归还是尘归尘，土归土。杭州人舍不得桂花，于是收集起来：桂花在梅卤中腌制一周后取出，渍成糖桂花；跟西湖龙井茶搭配，制成桂花龙井；将其晒干后封存，可在麻糍、年糕蘸糖中掺入少许，皆别有风味。除此之外，还有一种极致再现满觉陇桂香的方式——制香。

桂花在古代有个雅名叫木樨，所以桂花做出来的香就叫木樨香。木樨香最讨喜，浓淡相宜，宋人张邦基在《墨庄漫录》卷八中说："木犀花，江浙多有之，清芬沤郁，余花所不及也。一种色黄深而花大者，香尤烈。一种色白浅而花小者，香短。"李渔在《闲情偶寄》里这样评价桂花香："秋花之香，莫能如桂。树乃月中之树，香亦天上之香也。"

清晨四五点钟，天还蒙蒙黑，满觉陇村开始了一年一度的传统项目打桂花。打桂花又叫敲桂花，拿一根长竹竿敲打桂花树，树下兜一块毯子，拉平，一个人敲，几个人接，花落如雨，积有厚厚一层。小巧如粟，柔柔弱弱的玲珑四瓣花，甚是可爱。在太阳出来前要敲完，因为沾着露水的桂花，才比较好打下来。桂花刚开的时候打不下来，开过头香气又散了，所以打桂花一般是在开花后三到五天，花开四五成左右最佳。满觉陇村里有几株百年老桂树，都是文物级的古树，它们扎根深，叶片大而厚实，能从土壤中汲取更多养分和矿物质，花朵肥厚且芳香物质丰富，故气味也更浓郁。村民陈骏辰家有一株乾隆四十九年的银桂，树下还立着一块“杭州古树名木”的石碑，距今已有两百三十多年历史。杭州城里如今绿化所栽种的都是所谓的观赏桂，而这文物级桂花一旦敲起来，若此时有人站在树下，脸蛋都是会被落下的花儿砸得生疼的，可见花肉结得有多么厚实！打下来的桂花先进行筛选，把树枝、花壳等杂物去除掉，陈骏辰再将精选出的桂花送到制香者周科羽那里，专门用来制作一款“满陇桂雨”线香。

作为云景堂制香老字号第九代传人，周科羽有一门手工制香的技艺，不用化学添加剂，只选天然的黏合剂，制作出来的香环保健康，正常人群使用没有禁忌。在周科羽家祖传的香谱中，可以找到对木樨香的详细记载：采木犀未开者以生蜜拌云（匀），不可蜜多，实捺入瓦器内，入地埋阴（窨），愈久愈奇。取出却入乳钵研匀，拍成饼子，油纸裹收，旋取烧。采花时不可犯手，剪之为妙。

“满陇桂雨”线香的前身就是木樨香，周科羽将其改进，做了新的工艺，取名“满陇桂雨”。炮制方式遵循古法，将桂花拌入已经研磨好的檀香中，将古方优化后，桂花和檀香的比例调到一比一，拌匀之后放到锅里去蒸。蒸是炮制香的一种方式，用布把材料包在里头，上锅隔水蒸，文火蒸三沸，差不多三个时辰（六小时），等桂花香融进香料里，木樨香就完成了。手工捏成均匀的线条状，自然风干之后，即可点香、闻香、品香。

使用木樨香的习俗可上溯到南宋时期，每到秋季，临安府（现杭州城）的文人会采一些含苞待放的桂花，把它做成各种香品，因此这款木樨香一直为文人用香。如今云景堂的“满陇桂雨”大约二十克卖百元左右，老香铺，制香考究，香气醇正延绵。想闻的时候点一根，可以持续三十到四十分钟，远闻是活泼的花香，近闻则是沉稳的木质香，巧妙再现出杭人对于满陇桂雨的记忆，更是对秋天最深情的挽留。若是提前十五分钟在屋内燃上香，待香味飘散到角角落落，一推门即是桂花的甜香，三五十平米的空间都能闻到。

03

像木樨香这样的古香方，周科羽家中大约有一千六百多种。他从小就酷爱玩香，经常一个人躲在大人的书房里，看着一缕缕烟，在眼前缭绕变化，越看越入迷。他的外婆出自一个制香世家，在乾隆二十一年，开设了“云景堂”香号，至今已有三百多年历史。周科羽小时候特别喜欢看外婆制香，家里随处可见的香方和焚香器具，让他在耳濡目染下对香充满了好奇，也在他心中埋下了火种。在家看外婆怎么弄，自己就跟着学，跟着做，小学毕业前，周科羽已经会制香了。

云景堂制香老字号创立于杭州。在南宋时期，都城临安大内设有“四司六局[1]”，专为官府贵家承办盛大宴会，其中“香药局”掌筵席之上备办各种香料、香具等。到了元代，原“香药局”人员被带到了大都（现在的北京），重新划分到太医院，设立“御香局”，专为朝廷制香，在中国上下五千年的历史中，仅此一个制香的官。周科羽手中，至今保存着所赐的“御香局官印”。“这在当年可是能号令天下香业的！”

明代以后，御香局被撤，从此散落在民间，明末为了躲避战乱，逃至福建定居。御香局最后仅存张氏家族一直坚守本业。

1　四司六局：帐设司、茶酒司、台盘司、厨司、果子局、蜜煎局、菜蔬局、油烛局、香药局、排办局。南宋临安已经掌握了餐饮管理的基本要领，“四司六局”堪称当时的“三星米其林”。

经几代人的努力与重建，在清朝乾隆二十一年（1756），张氏家族的张梅甘创立“云景堂”香号。清晚期，又随战乱迁到浙江，从宁波到了舟山。1994年周科羽出生在了浙江舟山，自幼生长于海天佛国普陀山，现居住在杭州。他说自己也算是个老杭州人了，当然还应该算是半个北京人、半个福建人，但至今他的户口所在地仍是舟山。

到了近现代，香业的发展受到了巨大的阻抑，逐渐被局限于庙宇神坛之中，周科羽的母亲这一辈已不再从事制香，全都被分配到了邮电局工作。他的外公所经营的造船厂由国营转私，但因他是外姓而非本家，故无法继承家中的造船企业。时代的浪潮逼仄而来，一些事物陆续衰败，甚至退出了历史舞台。

周科羽是同辈里最大的孩子，儿时经常跟着父亲去拍卖行，很小就接触文物。因学习成绩不理想，被“发配”到省艺校，那里正好有个文物鉴定与修复的专业，他便误打误撞学了起来。他并没有放弃香，而是从文物中更好地了解古人是如何去品香行香的。虽然家中已无人从事香业，但工艺却保留了下来。古语有云：“教会徒弟，饿死师傅。”在过去，制香的方子都是由家族内部代代相传的。望着眼前那一百多本现存的手抄本香谱，一千六百多种香方，除了市面上常见的古方外，还有许多是独家配方，周科羽开始萌生重拾祖业的念头。

2016年周科羽毕业后留校，在浙江艺术职业学院担任文物鉴定教师。同年，他带着传承的技艺，老号新开，注册公司，

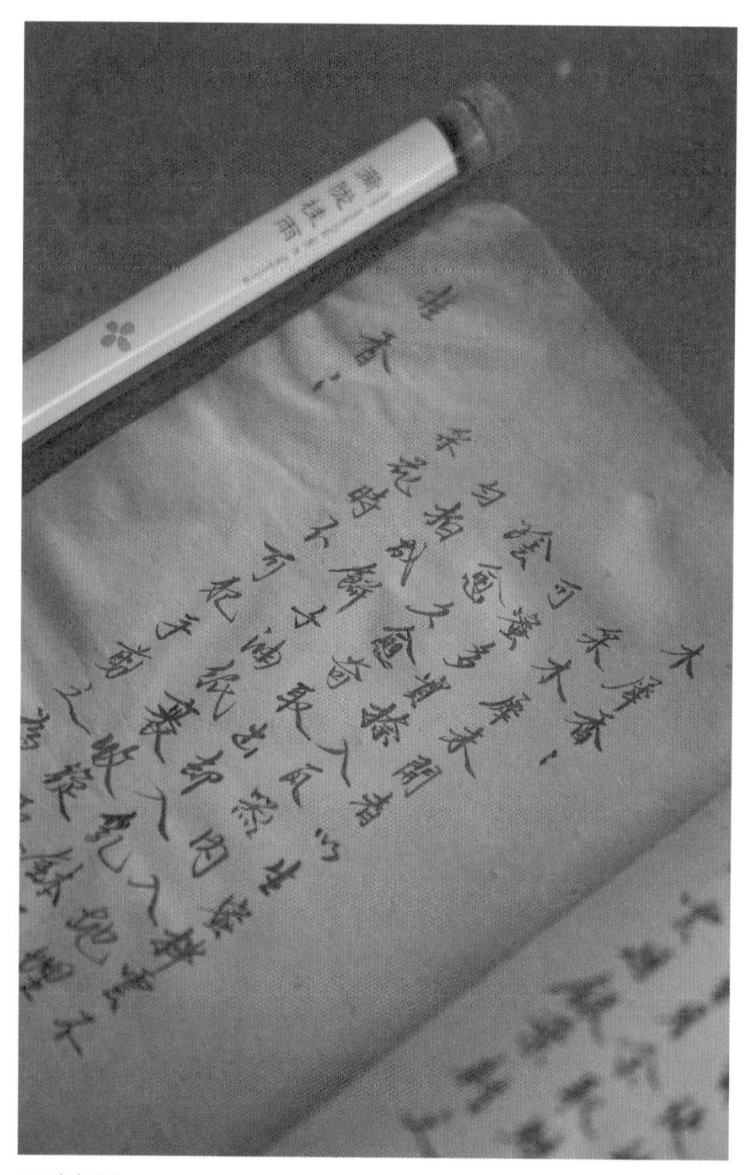

云景堂古香方

成为云景堂制香老字号第九代传人，也是自创号以来的第一个外姓传承者。“起初我的想法很天真，先用文物修复的教师工作来养香，未来再用香来养文物。后来发现根本不可能，能做好一样就很不错了。”周科羽记忆犹新的是，在刚开始做香的半年里，有位客人消费了五百块钱，把他感动坏了。“这对于当时的我来说，简直是一笔巨款啊！”

2021 年，周科羽终于决定辞职，彻底成为“香九代”，走上了制香与传承之路。因为他心里，有了更大的目标。

04

唐宋以及明代时期的古法合香，是如今的云景堂着重开发和制作的品类。现代人可以接触到的香事，大多是沉香、檀香等单一香，而合香是将各种香药事先用不同法炮制，然后进行一定的配比而产生不同于单一香的独特气味。它们能影响一个人的身与心，“身”是调节体内平衡，“心”是使人产生愉悦、兴奋、舒适、哀愁等不同的情绪，这不是单一香可望其项背的。“合香经历千年，它们不应该只躺在博物馆和古书记载里，我要把它们复原出来！”除了是南宋香药局、元御香局掌司制香官印的传人，周科羽也是杭州合香制作技艺非遗传承人，这个90后的年轻小生，总喜欢和“老人”一起“玩”，内心装着一颗十足的老灵魂。

因文物鉴定讲师的背景，周科羽对古物器皿也颇有研究，平时还喜欢收藏古代各个朝代的香炉香具。过去，杭州有十大古城门，坊间流传着一首脍炙人口的民谣：“武林门外鱼担儿，艮山门外丝篮儿，凤山门外跑马儿，清泰门外盐担儿，望江门外菜担儿，候潮门外酒坛儿，清波门外柴担儿，涌金门外划船儿，钱塘门外香篮儿，庆春门外粪担儿。”通过这首古老的民谣，我们可以推测当年每个地方分别是干什么的，进一步追溯不同遗址所出土的物件。《杭俗遗风》中就有描述“西湖香市，自朝至暮，道路终日为之堵塞，摩肩接踵，不下数十万人”，若从城楼眺望，满眼尽是背着香篮的香客，故“钱塘门外香篮儿”由此而来。周科羽惯常使用的是一套家族传承下来的宋制的炉瓶三事[1]，其中两件还是传承杭州南宋故土的古器：主角是香炉，作为文房件之首，是一件南宋时期的立式炉；搭配一个南宋时期湖田窑的香盒，里面会放上自己制作的合香丸；还有一件达到宋代青铜工艺高度的香箸瓶，瓶中插有香压和香箸，用来拨动香炉里的香灰和夹炭。“宋代的香压，一千多年前的东西，到现在依旧好使。”一件古物香器，配上古法制作的合香，香气氤氲中仿佛拉近了与古人相通的距离。

旧时的文人，是真风雅，从焚香的方式，可窥得一二。

他们大都使用香丸、香饼或香粉，而非今日的线香。先烧一颗炭，在香炉的香灰里挖一个小洞，将烧红的炭埋进去（还可以自己做炭，有些手工炭烧完呈金色）。再用香压慢慢把香灰压实，轻微隆起，堆成小山状。开个小火窗，放上一张小云母片（一种矿石），最后把香丸慢慢放置到云母上面。热量自下而上，用炭的温度把香丸的味道完美地蒸出来，使得香气悠长、持久，这种品香的方式就是宋式隔火空熏。

香丸不宜直接接触明火，否则会焦，因此得用蒸。“这就好比假如有一条野生大黄鱼，你们家会怎么做？当然是清蒸。不可能去油炸烧烤在上面撒孜然辣椒面吧，可见最好的东西就

1 炉瓶三事：焚香用具，即指一个香炉、一个香盒和一个放香铲等用的瓶子（或称箸瓶）。

抄香末

研香

得靠清蒸。”周科羽生动地解释道。

接下去，便可开始品香了。品香要用鼻子“观”，才能领会其中的意境，嗅觉比视觉、听觉更能挑动人内心的细腻之情。手伸直后微曲，在香炉上方距脸约三十厘米处，另一只手轻扇，闻之。扇动的速度越慢，味道越浓，之后无需再扇香味就已充盈。所有蒸香都需要控温，周科羽认为，时代在进步，品香也不必过于拘泥。比如，如今的电熏炉不但能控温还能定时，更适合现代人的使用习惯，所以并不见得古人的东西都一定厉害，器具也没有优劣之分。

不过在古代，主人通常不会亲自来点香，而是由管家或嬷嬷之类的佣人操办，且要在客人到访之前给点上，这是一种礼节。老底子大户人家家中都有大香炉，若是第二天有重要客人，就吩咐管家去买香粉。到了香铺，交完钱，底下的学徒或香婆会在次日早晨上门点香，这是属于当时的“外卖”服务，点香则是一项专门练就的手艺。

从古至今、从宫廷到民间，中国历史上都有用香的习俗。《杜阳杂编》一书中有个典故，写的是隋炀帝每到除夕夜就会在殿前彻夜烧沉香，一晚上烧两百车，整个洛阳城都能闻得见香味，极尽奢侈。据说，他曾赐给日本一块沉香木，至今仍被日本视为国宝。早在千年之前，日本还是一个各方面都很落后的弹丸之地，物资匮乏。日本使团来到中国学习，回国时隋炀帝赐给他们一块香木，而且是沉香中品级较低的黄熟香。万万没想到，这块黄熟香被带到日本以后，竟被当作稀世珍宝。因为在此之前，日本从未见过能散发出香气的木头！如获至宝的日本天皇激动不已，从此将其作为传世之宝。据说，这段有1300多年历史的黄熟香香木的切口处放着三张纸笺，分别写着足利义政、织田信长、明治天皇三位风云人物“某年某月截取几寸几分”的记录。而在中国的宫廷里，这样一块香木恐怕不到半日就被切完了，可见古时的中国物产之丰饶、国力之强盛。

制香师需通晓各类香料，并且对其气味与药理触类旁通。大体上，香的原材料可分为三大类：植物、动物和矿物。植物类有沉香、檀香、崖柏、降香，也包括乳香树脂类以及花卉类的根茎花果叶；动物类主要有麝香、龙涎香、灵猫香、甲香等；矿物类则会用到朱砂、雄黄、雌黄等。品级的高低和用材的优劣，会直接影响香的价格。天然香材是自然的馈赠，周科羽对选材把控严苛，他采撷本地的物产入香，炮制出了属于杭州的气味。年有四季，香有四时。春天的茶，夏天的茉莉，秋天的桂花，冬天的红梅，是他记忆中的杭州。从满觉陇上山，往白鹤峰、杨梅岭、翁家山一路到达龙井村，这条路线他每个季节都会走上几遍。除了秋日满觉陇的桂花，在春天，他还挨家挨户收龙井碎茶，以狮峰西湖明前龙井茶为原材，做了一款“宋茶”线香，一点就能闻到春茶香，感受到春天的气息。与“宋茶”同为“宋韵”系列的还有“宋梅”，以“梅”入香，取自杭州超山冬日里的红梅花，点燃时好似万株梅树同时喷香，与友人并肩踏雪寻梅。

制香有八道工艺，选材、炮制、研磨、合香、醒香、成型、晾晒、窖藏，制作时间一个月左右，特殊香品的制作可以达到三个月甚至更久。一些宗教类的香，还会有特定时日的制作要求，诸如甲子日做什么、丙子日做什么云云。其中，炮制会用到蒸、炒、研磨等多种工艺，而不同香料的研磨方式、所用到的工具也各不相同。天然原料制成的合香，不管是线香、香丸、香饼还是香粉，都需要窖藏一段时间才能使用。

古人讲究香药同源，意指所有的香其实都是药，很多香方也跟中药方是一样的，通过嗅觉还可以达到香疗和养生的作用。有一类专门的药用香，比如避瘟香，就是古代时为了防治瘟疫所制的。周科羽热衷于复原宋代香丸，香丸属中药蜜丸的一种，中药有十八反，香的配伍也有君臣佐使，因此香丸都取自老方子，除了避免相克的问题，还有一个重要原因是完整复制一千多年前的香味。

“很多人以为香丸是软的，其实它是硬的，但当你去切开它时，它又是软的。”香丸都是周科羽纯手工古法制作，从原材料开始进行打粉、炮制。炮制特别关键，一是用来调味，另一个是稳定药性。然后细筛，加上炼蜜，一般是天然枣花蜜，香料制成香丸需要黏合剂。再反复敲打，最后搓丸，搓丸之后就是裹衣，即在表面裹上一层薄薄的粉末，其中宋徽宗的一款金香裹的还是金箔。屏息静气，用细致的手法将薄如蝉翼的金箔裹到丸子上，一颗香丸才算制作完成。这是周科羽复原的宋徽宗贵妃王氏的宫中香，名叫“宣和贵妃王氏金香”，相较于另一位妃子崔贤妃的白丸，这金丸确实贵气多了！同样是妃子，所用香品的不同，也能看出地位与等级的差异，这类宫廷香主要用于盛大的册封典礼。

每一个留存下来的香方里都藏着故事。据载北宋宣和年间（1119—1125），大量香料传入中国，熏香文化蔚然成风，宫中制香频繁，并专门设有“造香阁”，凡阁中所造之香统称为“宣和香”。其中有一款“宣和御制香”为宋徽宗御制名香，原材料有沉香、金颜香、檀香、朱砂、背阴草、龙脑、麝香等，所用香材结合了五行八卦。此香不仅被视为宫中圣物，还常被皇帝用以赏赐近臣，是当时的宫廷道教用香，历代以来为制香家所推崇。每逢朋友到访，周科羽偏爱熏的就是这一款“宣和御制香”红丸。拿出品香炉，埋好炭，掰下一小颗，放在云母片上，静置一会儿，鼻尖飘散着清苦微凉。宣和香的香气冷峻，意蕴深长，可醒神开窍，通经祛秽。

周科羽对这些香丸如数家珍，然而最为他津津乐道的，却是苏轼[1]被贬时做的一款文人香——闻思香。宋代的精神文化程度在中国历史上达到过一个顶峰，那个时代的文人们，用普通的香料也能做出比宫廷香更好闻的味道。苏轼不仅是北宋的大

1 苏轼（1037—1101），字子瞻，号东坡居士，北宋文学家、书法家、美食家、画家。

文学家，还是一位制香高手，“苏轼闻思香”是其最具代表性的传世名香之一，适用于书斋、居家、修行等。“闻思”一词最早出现于苏轼的《和黄鲁直烧香》一诗中：

和黄鲁直烧香

[宋] 苏轼

四句烧香偈子，随香遍满东南。

不是闻思所及，且令鼻观先参。

闻思香的香方是苏轼在杭州为官时所配伍出来的，无论用材还是香气都无以前的豪贵华美之风，而是一种经历了大起大落后内心的追思与沉淀。闻思香有多个方子，其中之一便是由元参、旃檀、红松、荔枝皮、香附子等所制。周科羽将此香方制成黑色的香丸，从玛瑙器皿中取一颗，用香炉蒸半分钟，香味就出来了。元参的甘甜，伴随老山檀香幽邃的韵味，红松搭配荔枝皮的果香，萦绕出一种激发食欲的错觉。周科羽笑称，闻思香对女性特别友好，因为很像是蜜饯的味道，轻嗅可闻到甘甜中略带一丝微微苦凉，越闻会越想闻。

香丸需要恒温储存，保持在半湿的状态，因此窖藏是最佳的方式，密封储存越久，香气越柔顺圆融。古代人用地窖，现代人多用瓷坛或陶罐，再用蜡封住罐口。久藏不朽，常用无碍。

添香

杭州的幸福感就是，能让你悄悄地过自己快乐的小日子。

复原宋代香丸

宋式爇香丸（隔火空熏）

05

从玩香到制香，周科羽认为喜欢一件事就要把它当成生活习惯才能做得好。

焚香，是宋人热衷之事，与点茶、插花、挂画一起被称为“君子四雅”，也被戏称为“四般闲事”。这几年，随着宋韵文化研究在杭州掀起热潮，越来越多的年轻人对中国传统文化重新产生了兴趣。“宋朝文人雅士每天的生活，都始于点燃一根香，香是我们了解宋韵文化的一把钥匙。”平日里的周科羽头顶盘着发髻，焚香时穿着长衫，喜好古琴，空闲时也会弹几曲，生活因循又古典，但在思想上他却是一个开放前卫、推陈出新的新时代非遗传承人。

“经常有人说制香的人不能抽烟、不能喝酒，是为了保持嗅觉的敏感。我觉得也是扯淡。”他直率地以为，有时候循规蹈矩反倒会脱离生活本身，“除非你是备赛级，否则大可不必”。在他看来，一个制香师最重要的是精通药理，掌握材料的知识、产地、类别、鉴别、炮制和配伍工艺，以及制作过程中对于水质、水温、火势（文火、武火、炭火、明火）的把控……这些才是制香的关键之处。

因此，周科羽反对高谈阔论、附庸风雅的玩香之道。“你连眼前的香用的是什么材料都不知道，就一个劲地鼓吹它跟天地万物人与宇宙的各种联系，简直离谱。我们起码得先能判断这个香的大概材料，然后再联系自己过去的经验去分辨和感知，这是需要很强的基本功为基础的。画家也不是一上来就搞行为艺术、涂鸦艺术的，一定是先从学素描、速写开始，哪怕是达·芬奇、凡·高这样的大师，早期的作品也都是以写实为主。郭靖若没有前面练就的一系列基本功，那最后的降龙十八掌是打不出来的。”

聊起制香，周科羽的眼中都是亮光，他说自己不太相信有自学成才这回事，就像中国的茶道也是如此，一定是需要有传承的。“我们家的方子可是比《四库全书》还多好几倍的喔！”可他也明白，如果一成不变的话，这些东西就可能会慢慢被淘汰。“比如南朝麝丸公主的梅花香，古代是香丸，到了清代变成线香，再到如今我们可以制作一些现代人所喜欢的纯露药皂，把香文化普及到现在年轻人的生活中去，结合他们的生活方式，更好地让大家了解香文化，这才是重点。”

另一方面，现代人对于西方香水的追捧，从某种意义上也预示着传统香文化复兴的可能性。西方的香大都以液体为主，而中国的香则以固体为主。人种不同，需求也不同。西方人用香重在消除体味，他们会直接制成香水，即时喷洒；而中国人用香的目的首先便是道德的自律与修身养性。在中国，香的使用方式也随着时间的推移 ·路演化着：比如古人洗澡用的澡豆，里面就含有香料；从汉代一直沿用到明代的熏笼，底下放置香熏炉，将衣物覆盖于熏笼之上；还比如，出门时会佩戴香囊、香牌，甚至还有脚脖子香……在古代，人们很少会把香直接抹在身上，但有一种抹香是可以直接敷在身上当爽身粉用的，如今日本的香道中仍在使用。

这些年，周科羽融合传统香药，运用现代科技手法，创新出了许多新型的合香产品。人以香传，香以传人，让香文化不局限于庙宇神坛之中，融进这个时代，而每一个时代的人，也必然会将自己的创造注入其中。

周科羽从自己家的一千六百多种方子里，精选了两百款，除了市面上最典型的古香方外，还有许多独家香方，他打算每年出几款，根据材料综合工艺考量，选择不同的产品形式和销售推广渠道。“浴芳兰”是云景堂自创号起偶得的宫方，至今已保存了 200 多年，原为宫廷浴兰节（即端午节）所制香品。周科羽将其做成香囊，作为贴身服饰配饰、包饰、车挂，可以提神醒脑，在夏季也有一定的驱虫效果。香甜青涩、如少女般未入尘世的“如梦令”原为唐代宫廷香，后被宋代女词人李清照如法炮制，与词名相同，可供中高端的定制所用。“鹅梨帐中香”制法比较简单，做成线香，可走批发，通过电商平台合作销售……

“我的古法制香是有很多思考和讲究的。最终的配方和比例都是通过一遍遍实践，不断琢磨、改进，再拿给行家闻了之后，才确定下来的。保留古香方的配方，但用材比例做了不少改变。比如，很多古代用香是作为‘药香’来用的，配料中药材比例较大，药味较浓，现在的香方里药材的比例做了调整。”另外，周科羽觉得市面上很多中式香的形式还是太拘泥了，“我的包装设计都做得可现代了！我还做过口罩的香薰贴，里面就有避瘟香的方子。”

周科羽做的第一款爆款产品不是线香，而是一款固体香，用的是黄庭坚[1]的《婴香帖》。这帖是黄庭坚写给朋友的一封书札，录入了关于婴香的制作配方，现藏于台北“故宫博物院”。周科羽将原方天然香材用古法炮制，再用现代科技萃取，制成最为还原的又适用于现代人生活的婴香膏，当时在某网站销售占据了一个月榜首。

“我们家族传承百年的技艺如果不再创新，迟早会被历史的长河所淹没。”所谓古为今用，他觉得传统技艺完全可以推广得更好。“起码我让几千个年轻人知道了婴香是什么东西，那我就已经很棒了。否则谁会去了解，在台北‘故宫博物院’里面有一张小纸片，是黄庭坚当年写的一个香方名叫《婴香贴》。”说到这里，他骄傲地笑了。“所以我觉得大功德谈不上，小功德还是有一点的吧。”

1　黄庭坚（1045—1105），北宋文学家、书法家。

2　又名《制婴香方》《药方帖》。其内容为：“婴香，角沉三两末之，丁香四钱末之，龙脑七钱别研，麝香三钱别研，治弓甲香壹钱末之，右都研匀。入牙消半两，再研匀。入炼蜜六两，和匀。荫一月取出，丸做鸡头大。略记得如此，俟检得册子，或不同，别录去。”

云景堂不是一个守旧的传统老字号，像周科羽这样年轻的传人，不仅要传承祖辈所留下的老手艺，还要将这门老手艺用新的理念令其新生。周科羽坚信,文化是要通过经济去推广的，没有产业支撑的文化终究是会被淘汰掉的。目前他正在筹备自己的合香工作室，计划做一间品香室和一间制香室，可以让更多普通人来体验和感受，未来他还想做浙江省最大的香文化博物馆和研究院。

点一炉名为“满陇桂雨”的合香，专属的“杭州香味”弥漫一室。或许，人文的生活寻常百姓家也都可以过。杭州的幸福感就是，能让你悄悄地过自己快乐的小日子。

北宋磁州窑行炉

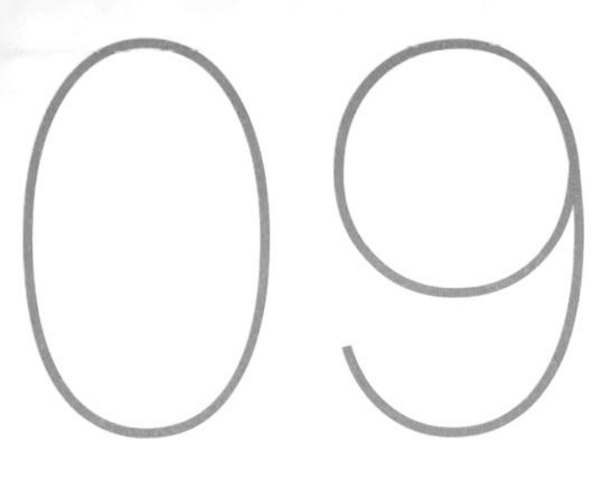

杭人吃茶古今谈

从前在杭州，人们见面时经常会说“什么时候聚聚”，这句日常寒暄的潜台词就是“有空的时候一起到茶馆里吃茶去”，就好像如今的年轻人，会选在咖啡馆或者酒吧里碰面。茶被列入老百姓日常生活的开门七件事中，这在杭州是得到了切实印证的。

杭州人喜欢吃茶，一个人闲来无事吃茶，三五亲友聚会吃茶，单位同事搞活动还是吃茶，从市区熙熙攘攘的茶馆到散落在西湖山水间的农家茶楼，几乎每个节假日都人满为患。在2017年首届中国国际茶叶博览会上公布的数据显示：杭州的茶楼茶馆（包括农家茶楼）工商登记在册的，就有2000家左右。杭州静态的休闲文化，在“茶”这一物质载体中找到了最佳的体现途径。在杭州话中，“吃”“喝”是不分的，“吃”的杭州话发音为“que”，因此杭州人说“吃茶”，不说“喝茶”。杭州人吃茶的概念里有慢慢来的人生态度，忌心急火燎扑心扑肝赚钞票的心态，都比较守得住清贫。秀丽的自然风光、富庶的物产资源、安定的社会环境，形成了杭州人温和、沉静的个性，以及闲适、安逸的生活态度，并在其特产“龙井茶”中长久地浸泡发育。

在我年幼时，母亲曾在杭州植物园内的群众茶室工作。1985年4月，“茶人之家[1]”落成于杭州洪春桥双峰插云景亭旁的绿荫如盖里。宅院分内外两院，内院用于接待海内外茶界人士，举办茶事活动；外院设有群众茶室和小卖部，由茶人之家与杭州植物园合作经营。我母亲正是当年那间茶室里的一名服务员。

每天清晨，母亲骑车先将我带到茶室，等她上完早班，再将我送去幼儿园。我曾无数次目睹过20世纪90年代热闹的早茶场景，光顾的茶客清一色是退休老人，晨练过后，一壶早茶就可以喝到九十点钟，茶室只收取低廉的茶水费。当时茶室烧开水用的还是煤炉，母亲上班的第一件事就是发煤炉，早上拎出，以手指粗细木片引火，生起炉子，晚上拎进，插好炉门。一整排煤炉一起烧水，煤炉之火悠笃笃的，看似并不热烈，但却韧性十足，它由温到火，一点点攀升，渐入佳境，可以一壶水接着一壶水地烧，烧到傍晚下班前。它骨子里的精神，正是杭州人的耐悠悠，不急不躁。泡茶的茶叶也都是事先放好的，不管是绿茶还是红茶，一律都分开放在一只只小铁罐里，在柜台上一字排开。客人来了，问好要吃什么茶，便从铁罐里抓一撮，

1　茶人之家：1982年创办于杭州的民间团体，以“弘扬茶文化、振兴中华茶叶”为宗旨。

“你色宽熬！到辰光，偶们一道起楼高头吃茶！”

投进杯子里，配一个热水瓶，端到客人面前，注入开水，通常是白瓷杯、绿龙井，一目了然，清清爽爽。茶室的小卖部里出售茶点，杭州人称之为“消闲果儿”，就是糖果、瓜子、橄榄、桃干、杏脯等零食。

彼时，杭州人还盛行去户外赏花吃茶，集中出现在初春的赏梅季和金秋的赏桂季。于是，大量的群众茶室会在赏花季外出摆摊，那也是母亲一年中工作最辛苦和忙碌的日子。植物园的桂花园和梅花园内，各家茶馆各占一地，每张方桌配数把椅子，清茶、零食、麻将、扑克，一坐就是一整天。难怪总有人疑惑：“杭州人怎么那么闲？”在与美好相关的场景里，吃茶都是首选的休闲活动，但归根结底为的并不是喝那杯茶，而是杭州人懂得享受生活的闲情逸致。

像“茶人之家”这样的群众茶室，杭州几乎每一处旅游景点都有一家，就是普通人吃茶聊天消遣的地方，室内的大厅或室外的散桌，环境嘈杂，但没有门槛，价格实惠，也就省去了挑剔跟讲究。

杭州茶馆的历史，最早可追溯到唐代。《西湖游览志馀》[1]中有记载，当时江南一带的寺院里有“茶寮”，官署和驿舍里有“茶室”，这些地方都可提供茶水供人饮用，但并不是以卖茶水为业，不同于现代意义上的茶馆。一直到南宋建都临安（今

1 《西湖游览志馀》：明代散文集，共26卷，田汝成辑著。田汝成（1501—？），字叔禾，钱塘（今浙江杭州）人。

杭州），茶馆业盛极一时，“处处各有茶坊[1]”。宋时的茶馆还摆脱了前代的简陋，开始重视装饰、摆设，不但有茶喝，还插四时鲜花，挂名人字画，更具艺术性和观赏性。除固定供应的茶水外，还会根据不同的季节卖不同的奇茶异汤：冬天添卖七宝擂茶、馓子、葱茶或盐豉汤；夏天添卖雪泡梅花酒，或缩脾饮[2]、暑药之类，单是所卖的冷饮就有甜豆沙、椰子酒、豆儿水、鹿梨汤、卤梅水、姜蜜儿、木瓜汁、沉香水、荔枝膏水、金橘团、香薷饮、紫苏散等，花样繁多。为了招揽茶客，还会敲打响盏唱着歌叫卖，有的茶坊兼卖酒食，不卖酒食的则称素茶坊。此外，一些茶肆还兼营旅社、澡堂、服装、字画、古玩、中介等。随着物质生活的丰富，人们对文化娱乐也产生了新的需求。于是，各种艺术表演形式，如说唱、杂剧、杂技百戏等兴盛起来，客人在茶馆可以品茗听曲，观赏艺人拉奏乐器，或说唱曲牌。杭州自古以来就是名茶产区，茶肆的增多，标志着茶叶进一步商品化，形成一个产业。

而茶馆在当代的复兴，则是以一种全新的形式——“茶艺馆”展现在人们面前的。“茶艺”即泡茶与饮茶的技艺，追求对茶的叶、水、器、境等方面的精研，因此，“茶艺馆”是传统茶馆向更高层次迭代更新的产物。20 世纪 90 年代后半期至 21 世纪初，母亲原本所在的单位大批员工歇岗，几经周折之

1　出自《梦粱录》。

2　缩脾饮：一种解伏热，除烦渴，止吐利，霍乱之后服药太多至烦躁等状况的药饮。

后，她换到了湖畔居茶楼工作，一干又是十年。随着国企改革、所有制体制放开，开茶艺馆成为一股热潮。湖畔居茶楼、青藤茶馆、紫艺阁茶坊、和茶馆等相继在杭州开张，饮茶方式从大泡大饮演变为精致品饮，茶馆中对于茶叶类别、泡茶用水及器具也日益讲究，还会有茶艺师指导帮助客人泡茶。“虎跑泉水龙井茶”被誉为“西湖双绝”，杭州不少茶楼定期去虎跑取水，像湖畔居每天会派车去，一次最起码取15桶，每桶25公斤。杭州是个山水城市，这里的茶馆大多“择有胜地”，或濒湖之地，或可眺望湖景之处，搭着杭州人闲适的脉搏。六公园旁的湖畔居茶楼有三层，临湖而建，连岗三面，全然是与西湖触手可及的水天一色，它也是至今仍在经营的为数不多的杭州国营老字号茶楼。母亲没有什么特殊技能，她只是勤恳劳作的普通工人，却也是那些年杭州茶文化发展变迁的亲历者。她说：“去不去茶馆与收入无关，与想法有关，杭州的下岗工人也会去茶馆。你文人喜欢西湖喜欢吃茶，我踏儿哥马大嫂[1]也喜欢的呀，老底子就是这样，享受惯了。”

“小茶馆、大社会”，杭州的茶馆浓缩着地域文化的特征，而杭州茶文化的兴衰也同城市政治经济的发展是密不可分的。当人们的生活和时间分界逐渐清晰起来，凝聚了千年的茶文化重放异彩，喝茶这一休闲再次走入寻常百姓的日常生活。

1 踏儿哥马大嫂：杭州方言，三轮车工和家庭主妇的意思。

查文是从2008年开始喝茶的。地道的第五代杭州人，家在龙井茶核心产区的杭州龙井村狮峰山有一亩三分地。像查文这一代的80后杭州人，父母当年大都希望子女毕业后能考公进体制，不求赚大钱，只要旱涝保收，不那么辛苦就好。因此，起初她并没有承袭家中的茶叶生意，而是成了一名上班族。在工作的数年里，她一直在寻找一件可以陪伴自己到老的事情，兜兜转转，终究还是茶。

21世纪10年代前后，咖啡正迅速占领着中国消费市场，咖啡馆更是一跃成为城市年轻人最爱光顾的“第三空间[1]”，与此同时，因传统文化而被束之高阁的茶，反而日渐式微，相对显得有些落寞了。年轻人对喝茶缺乏认知，总觉得那是中老年人的专属。一方面，茶馆古色古香的空间氛围给人以老派、古板的印象，有些茶馆甚至让人不敢推门进去，喝茶变得拘束了、一板一眼了，反而违背了初衷；另一方面，以杭州为例，茶馆的两极化严重，不是过于喧嚣粗糙，就是过于精致昂贵。年轻人觉得茶馆有门槛、水很深、喝不明白，如何点一种茶、选一种茶，应该喝到什么、感受到什么、它的价格如何体现，不得而知。查文开始思考：曾经最为人们津津乐道的茶，为什么变得沉重了？如何让当下更多的年轻人喜欢上喝茶，如何让国风

1　20世纪90年代，星巴克率先将“第三空间”概念引入咖啡店中，通过咖啡作为社会的黏合剂，为人们提供文化、精神和环境的体验。

文化在市场上拥有一席之地？带着本地茶商天生的自觉和一股使命般的热忱，2013年查文重回祖业，自创了“四寒茶舍”这个年轻的品牌，以独立工作室的形式开始做茶。

西湖龙井是四寒茶舍的镇店之宝。查文自诩她家的西湖龙井，是“有灵魂的茶”。狮子峰胡公庙后的向阳坡地，仅五六亩地大小，本地茶农们称它为“牛脊背”，明前茶[1]以“牛脊背”最为珍贵。这里山脉三面环坐，把老龙井村抱于怀中，山泉溪涧，古木杂生，且茶树多以实生老树群体种为主，数量相当有限，加之代代相承的传统炒制工艺，才得以呈现一杯纯正的龙井茶。清代乾隆皇帝下江南时，曾将胡公庙前的十八棵茶树封为“御茶”。这里的龙井茶，嫩香特色显著，滋味馥郁、鲜爽甘醇，灵魂出自天地间，人间四月喝到的这一口“春”，是天地之气。即便如今用上了机器，但对茶农而言，做春茶就像和时间赛跑，掐着茶树冒芽的时间进山，争分夺秒，赶制明前茶更是通宵达旦。几代做茶的茶农，大都一辈子埋首于这片茶山中，六七十岁了依然是不可替代的主力，他们经验丰富、勤劳坚韧，年复一年，代代不变的是精湛的手艺和笃定的内心。

像查文这样自带产区资源的茶人，不仅可以亲历茶山上秀美迥异的四季，还拥有一整年都不缺卖的好茶，是交易链顶端的一手茶商。从春天开始，由明前茶拉开一年的采摘序幕，除

1　明前茶是清明节前采制的茶叶，受虫害侵扰少，芽叶细嫩，色翠香幽，味醇形美，是茶中佳品。同时，由于清明前气温普遍较低发芽数量有限，生长速度较慢，能达到采摘标准的产量很少，所以又有“明前茶，贵如金”之说。

了炒制西湖龙井，四月起还会制作九曲红梅，到了九月再制成桂花龙井和桂花红茶。查文跟着家人学炒茶、制茶，并重新设计了包装，成品茶会销往全国各地的茶馆和分销商，她还承接公司企业定制、礼品定制，好茶也需要拓宽思维，毕竟只有龙井村的村民才有底气喊出那句："不是所有的龙井，都叫狮峰龙井！"

查文是一个执拗又耿直的人，每天做着单一的事，但只要是和茶打交道，她就乐此不疲，对四寒茶舍的期许和信念，唯有"四时好茶，寒舍无他"。几年做茶的经历，使得她对龙井茶的采制、产品的包装等都有了充足的了解，她在等待一个时机，把自己对喝茶的理解更生动地表达出来。

过去，喝茶这件事是以茶馆为空间载体呈现的；而现在，"茶人"才是吃茶的集大成者。茶人，既是与茶的生产、经营、研究相关之人，也是精于茶道之人。有茶人的地方，总是会吃茶、吃好茶的地方。他们携带着地方基因的先天优势，也传承着数千年的古老历史。在前所未有的新时代，以自己的方式，重新思考喝茶在日常生活中扮演的角色，讲述着如今在杭州关于理想喝茶状态的浪漫设想。

2019 年底，查小文茶客厅在吴山脚下的大井巷落成。说起选址的缘由，查文百感交集："恰巧我就是在城南的外婆家长大的，小时候在附近的红门局幼儿园上学，因此从小对城南有一份情结在。后来这一带的老房子拆迁，我至今都记得，推土机开到家里的那一天，外婆含着泪，目睹家里的最后一堵墙被推倒……我当时就在心中暗下决心，我一定会再回来的！”因此，当邻居妍仔在大井巷开了店，查文也心动了。也许在别人看来，是开一家新店，但对她来说，是“我回来了”。

其实，吴山一带的饮茶之风早在明清时期就已现端倪。据以写实笔法完稿于乾隆年间的《儒林外史》[1]描述，城隍山上“这一条街，单是卖茶的就有三十多处”，其中著名的茶馆有茗香楼、放怀楼、景江楼、见沧楼、望江楼、兰馨楼、映山居、紫云轩等。茶馆成为上至达官贵人，下至挑夫小贩云集的场所，杭州城盘踞大小茶坊800多所。另一方面，茶叶生产完成了由饼茶向散茶的转变，相应的，饮茶方式则由点茶、煮泡变为撮泡、冲泡，不仅简化方便，且回归原味、真味。与此同时，杭州还有不少别具特色的茶事场所，比如清末民初的杭州斗鸟游乐风气盛行，并发展成为养鸟人聚会于茶馆或风景点赏鸟、品鸟、斗鸟的“鸟儿茶会”。沿着鼓楼旁的伍公山入口爬一小段山，山顶有一个叫“吴山大碗茶”的地方，如今依旧是杭州老年人遛鸟、散步、下棋等休闲活动的集中地。人声鼎沸的露天茶室，红棕色的遮阳伞撑着，茶位费二三十块钱一位，坐一整天都行，透出浓郁的杭俗民风。

1 《儒林外史》是清代吴敬梓创作的长篇小说，成书于乾隆十四年（1749）或稍前，先以抄本传世，初刻于嘉庆八年（1803）。

山上，嚷闹粗陋的大碗茶摊，是叔叔阿姨们的“根据地”；山下，新潮精致的茶空间，则是小年轻们的“朋友圈”。

从建筑设计到室内装修，查小文茶客厅都不像是一家传统的茶馆。“现代化”和“年轻化”是查文做这间茶客厅的内心标准，查文希望探索出新的模式去诠释喝茶的场地。以大块的曲面落地玻璃为外立面，瞬间拉近了与街道的距离，白色的半透明幕墙，则更好地融入白墙黛瓦的建筑群中，整个空间共分两层：一楼是商铺，包括不设门槛的公共客厅，以及展示并售卖茶叶的货品陈列架；二楼则由两个私人茶室组成，大的用作茶会和小型聚会，小的则仅供内部使用。喝茶的四种情景，散喝、茶会、品鉴和独享，都可以在这里得以实现。

从四寒茶社，到查小文茶客厅，查文的每一步都稳扎稳打。“我得先把底细摸清楚，再去试着创造出一个新的事物。”她觉得做任何事，都需要沉淀的过程，因此往往会有很长的准备期。就像茶叶的长成一样，需要等待它的内涵物质饱满了，当遇到好的时机，再去做在这个领域里自己觉得可以跳一跳的事情。看似胆小保守的背后，藏着的是杭州人最深层的生意经。

查文几乎每天坐镇店中，亲手泡茶招待来往宾客。人们走进茶客厅，就像去友人的家中做客一样。一楼右侧是一个大吧台，主人站在吧台内操作，客人则在外头等茶喝。茶客仔细端详着主人娴熟的泡茶手法，主人亦能观察到茶汤出来时茶客脸上的喜悦，这是茶客厅里最美妙的互动。查文喜欢与人交流，但不好为人师，也不讲大道理，大多数时候只是与新老朋友们唠嗑。在她的茶客厅里总能听到此起彼伏的地道杭州话，这在杭州现有的公共空间里并不多了。杭州话属吴语太湖片杭州小片方言，原本使用的范围就不大，过去主要分布在杭州老城区及附近，1980后出生的孩子，大都已不会讲杭州话了。方言在流失，地方文化在失落，查文深感惋惜，她认为方言也是茶客茶语的一大重要特色，非常希望能保留住那份市井的气息。因此，但凡她在茶客厅当值，都会用杭州话熟络地跟进进出出的客人们打招呼，人与人的距离拉近了，本地茶客间的话匣子也瞬间打开了。

当然，为了顺应趋势，她也给茶客厅取了一个英文名——“CHA TALK”。在通透的玻璃房内，由一杯茶，碰撞出小小的火花，也释放着小巷温柔的烟火气，这样的体验是有别于其他茶馆的。有一次路过茶客厅，原本只是打个照面，却被查文唤进去喝了口茶，竟喝到了“野放龙井红”！顾名思义，就是从龙井村一块没有主人的茶地里摘来的当年的龙井茶，再将此茶制成红茶，那如酒般的香醇，好似朋友间温暖的拥抱，令我难以忘怀。“有空多聚聚！现代人谁没有一点社恐呢，不要过度热情，也不要太冷漠”是她的待客之道。“我不认为茶是很高深的学问，喝茶就是杭州人生活的一部分，只要自己喝得开心足矣。平易近人才是茶的本质。”在周末，茶客厅还会推出一些自己的拿手小吃，私房茶叶蛋成为新老朋友的必点。因制

作过程费时，起炭炉，文火慢炖，所以只有周末才有，每天限量 25 到 30 枚。“竟然有茶客是专程为了茶叶蛋而来的！”查文有点儿受宠若惊。

在查文看来，饮品之间也有异曲同工之处。“我很喜欢咖啡馆的氛围，很轻松愉悦，推开门就能进去喝一杯，和好朋友聊聊天。”于是，“如何让年轻人愿意来茶空间喝一杯茶”是她这几年思考得最多的问题。她将喝咖啡的很多理念运用到了喝茶中，首先就是冲泡方式上的突破。她会用手摇式的磨豆机来磨茶叶，再用手冲咖啡的方式做手冲茶；夏天，她会借用冷萃咖啡的制作方法，选用九曲红梅、金萱或凤凰单丛来制作冷萃茶；茶客厅还制作了一款桂花九曲挂耳茶包，巧妙运用了挂耳咖啡的灵感，让喝茶也轻巧便捷了起来……她孜孜不倦地给年轻的客人们传递着，在新的当下，茶有了哪些新鲜又有趣的品饮方式。“如果你会冲咖啡，不妨用同样的方式去冲一下茶试试。喝茶也未必一定要用盖碗或工夫茶壶，家里也并不需要置备一整套茶席才算入门，一些最便携的日常器具也完全可以啊。”喝茶也是千人千面，每个人都能喝出自己的感受。茶空间的模式带来年轻人喜欢的互动感，除了冲泡方式之外，还可以盲喝或喝特调，都是更易于接受的方式，负担感减少了，就连小白茶客也能喝得明白。

果不其然，有些客人甚至会抱着去精品咖啡馆的心态和逻辑去她那里喝茶。茶客厅里的茶品种多样，且价格平易近人，茶单是查文亲自手写，并标上产地、年份、制作工艺或制茶的人等信息。“这和咖啡太像了！”一位从特地从上海赶来杭州喝茶的客人表示，“咖啡的手冲单上可以看到一款咖啡豆是出自哪个产区、何种处理方式和风味如何，更细致的甚至会标明来自哪个地块的哪个庄园，原来这些茶也都有。”这就好比，单单是西湖龙井就有狮、龙、云、虎、梅[1]五大字号，杭州周边的富阳也产龙井茶，各区域所产茶品口感略有差别，海拔、土质、气候、湿度以及光照条件，是龙井茶选择的标准。茶和咖啡的相通之处，不仅是风味和冲泡，还是整个产业链的方方面面。查小文茶客厅受到了精品咖啡的影响，而茶行业的未来是否也有更多可能性？

同在大井巷的咖啡馆店主妍仔，每周都会去查文的茶客厅串门，以咖啡换茶。有一次，两家店还合作了一款跨界产品：用一款跟茶在风味上较为接近的浅烘咖啡豆，搭配一支骑火龙井[2]。咖啡和茶，代表了中西方两种不同的文化，同样作为世界三大饮品之一，在过去很长一段时间里，它们一直被视为竞争对象相互比较。如今在杭州的茶人手中，竟有了微妙的联结，茶感的咖啡遇到醇厚的龙井，起承转合的不只是故事，还有味道。

1　狮、龙、云、虎、梅是西湖龙井茶五大一级产区的名称的简称，是在西湖风景区以内、西湖龙井茶一级保护区内约 5000 亩的龙井茶园的代称，从某种意义上讲，五大产区代表着西湖龙井茶最核心的产区。

2　骑火龙井：清明之前的三天期间采摘的龙井茶称为“骑火龙井”，通常也是最后一波明前茶。

除了自己制茶，查文也从各地收好茶，她尤其对东方美人[1]情有独钟。每年收到喜欢的东美，她便呼朋引伴，共组茶会。其中姜肇宣老先生所制的东美，那种甜糯的蜜香，最令茶友们心动。被誉为“台湾东方美人泰斗”的姜老先生，已年近九十，能在这般年纪坚持做茶，除了坚毅之外，更是一种权威的体现。“对我来说，能喝到一泡姜老的东美，就没有遗憾了。”在查文的影响熏陶下，周围不少朋友也都成了东美的“铁粉”。日复一日，越来越多的人在喝茶这件事上的启蒙，都源于查文和她的茶客厅。

长久以来杭州的茶人之间似乎都是井水不犯河水，一团和气的。杭州人民的骨子里完全没有“好斗”的基因，它的香山软水跟所谓的雄心壮志是相悖的。自茶客厅开业以来，要说最令查文振奋的事，不是生意如何火爆，而是杭州的茶老板们拿着各路好茶来“踢馆”。“原来杭州人也是在‘暗戳戳’[2]较劲的哦。”不过，并非眼红嫉妒、惹是生非，恰恰是本着分享交流，促进行业内的良性发展。一场茶桌上的较量，在开放自由的茶空间里，两泡茶酣畅淋漓地释放自我，切磋一身绝学。茶真正地成为了一种媒介，不仅仅是品饮，也是一种生活社交方式，饮茶目的更是从休闲消遣演进为高雅的文化艺术享受。茶人们

1 东方美人：台湾地区独有的名茶，是半发酵青茶中发酵程度最重的茶品，一般的发酵度为60%，有些则多达85%。东方美人茶名字的由来，据闻是英国茶商将茶献给维多利亚女王，黄澄清透的色泽与醇厚甘甜的口感，令她赞不绝口，就赐名“东方美人茶”了。

2 暗戳戳：江浙一带的方言，意思是暗地里、私下里偷偷摸摸的。形容人办事儿不大方，小家子气。

很乐于看到的是，2020 年之后杭州乃至全国出现了许多新型的茶空间，且拥有了更年轻的消费者——90 后、00 后开始成为新时期的消费主体。“这真的是一件好事！喝茶的氛围又重新被带动起来了。”查文说。

对于茶人，冬季算是一个清闲的季节。黄昏后，街角的客厅总有一抹暖色的灯光亮起，行人络绎往来，茶香氤氲升腾。冬天的茶客厅总是煮着一壶老白茶，围炉煮茶，是时下流行的休闲方式。炭火刺啦刺啦，火光隐约，像是小时候围着听外婆讲故事的时光。

“你色宽熬！到辰光，偶们一道起楼高头吃茶！[1]”

1 杭州话，意思是：你慢慢来！下次，我们一起去楼上喝茶！

后记
山水还依旧

我生于20世纪80年代后期的江南杭州，我的父母辈、祖父母辈都是杭州人。这里的老人们很喜欢说“杭州是个福地”：一座四季分明的城市，每个季节风景大不相同，且各有各的玩法。西湖三面环山，旧日里人们登舟泛湖、远足赏花都是习以为常的；杭州物产丰富，素有“鱼米之乡”、“人间天堂”之美誉，跟着自然过日子也是当地人的乐事。当然，除了岁月静好之外，杭州也有我所以为的不尽如人意的地方：快速的城市化建设似乎必然会流失一部分传统和市井的气息，互联网的发展使得“历史文化名城”变成了“网红之都”，景区和生活区无形中有所割裂……所谓爱之深责之切，只因它是我挚爱的家乡。

当借着短暂逃离的名义抵达了越来越多的远方之后，我想要回来并试图去重新认识自己所生长的城市。我开始“重走杭州路”，走了很多在杭州生活那么多年居然都没去过的地方，重新提笔记录、拿相机拍摄，不再错过每一个春夏秋冬，无形中也逐渐寻回了原本的生活况味。有时走着走着会一不小心掉进回忆里，我在灵隐出生，就读西湖小学，所以杭州植物园是我的第一个公园，省博物馆是我去的第一个艺术馆，东坡剧院是让我变成剧场迷的地方，孤山的西泠印社和南山路的美院于我是很重要的思想启蒙之地，而我的大半人生几乎都围绕在西湖这一区。因此，我书写的也仅仅是我所经历的一小段杭州，杭州远不止这些，每个在这里成长、就业、生活的人都有属于自己心中的那个“杭州”。加缪在《鼠疫》中如是说：“认识一座城市最好的方式，就是去看这里的人们如何劳动、如何爱，以及如何死亡。”

原来，认识一座城市，除了往外看，还可以往内探。去犄角旮旯的巷弄街区里散步，去和当地人聊天，感受新时代下人们的生活和所做的事，交流彼此的快乐与痛苦，听听他们如何维系和守护内心最基础的美好。杭州始终面向世界，累积一代又一代人的生活故事，形塑出这座城市的样子。这座城市蕴藏着丰富的多样性，这种包容力让新和旧、快和慢、国际化和本土化有机融合在一起，为日后的发展提供庞大的基因库。

一个城市有水就变得温柔，有山就变得长情。山水是中国文人的信仰，山水的精神就是中国文人的宇宙观。我们从这座城市里得到的，是支撑更多人去做更多想做的事情的力量，从而继续把杭州玩得更深、更好。每每面对着杭州的湖山，我都会思绪万千。在我出生前，它就在这里，当我有一天老去死去，它依旧在这里，我在它面前，变成了一瞬间、一刹那。

从最初想写这本书，到终于即将下印，经历了近四年的时间。我试图用个体的记录去对抗遗忘，写作的过程也是重新爬梳杭州历史的过程，仿佛将这座城市重新认识了一遍。书写这本书的这几年，我竟萌生出了某种使命感，思考的事物与过去无异，只是如今选择不同的方式，用更有裕余的脚步行走，也许姿态稍有不同，但我依旧是我，那个热爱自由的杭州姑娘。

夏小暖于杭州家中
2023 年 6 月

图书在版编目（CIP）数据

青山荡漾 / 夏小暖著 . -- 长沙 : 湖南文艺出版社 , 2023.8
ISBN 978-7-5726-1245-9

Ⅰ . ①青… Ⅱ . ①夏… Ⅲ . ①散文集 – 中国 – 当代 Ⅳ . ① I267

中国国家版本馆 CIP 数据核字 (2023) 第 108762 号

青山荡漾
QINGSHAN DANGYANG

作　　者：夏小暖
出 版 人：陈新文
监　　制：谭菁菁
责任编辑：吕苗莉 李　颖
责任校对：艾　宁
策　　划：李　颖
特约策划：杜　娟
特约编辑：黎添禹
营销编辑：汤　屹
封面设计：Akina
内文设计：刘佳灿
封面插图：Lost7

出版发行：湖南文艺出版社
（长沙市雨花区东二环一段 508 号 邮编：410014）
印　　刷：长沙新湘诚印刷有限公司
经　　销：湖南省新华书店
开　　本：880mm × 1230mm 1/32
印　　张：7.5
字　　数：140 千字
版　　次：2023 年 8 月第 1 版
印　　次：2023 年 8 月第 1 次印刷
书　　号：ISBN 978-7-5726-1245-9
定　　价：59.80 元